「おかえりなさいませ。
ご飯にしますか？　お風呂にしますか？」
「それとも～……
私にしちゃう
JN019008
シャム猫
お姉さん猫娘で
癒やしのエキスパート。
包容力もあり、
お世話をしてくれる。

「あ〜。優斗君、やったにゃあ？　それっ！」
「えへへ〜命中♪」

「ふふっ。シャム猫ちゃん、渾身のマッサージ。優しく肩揉み、していくよ〜♪」

「どぉ？　マッサージ気持ちいい？」

「は、はい。すごく良い感じです」

新見優斗

猫鳴館に迷い込んでしまった受験生。とある理由があって、人との交流には距離を取りがち。

「よかったぁ～。じゃあ続けるね～」

3294

ねこぐらし。

猫耳少女はお世話をしたい

浅岡 旭

ファンタジア文庫

3294

口絵・本文イラスト　ぶーた

ねこぐらし。猫耳少女はお世話をしたい
目次

プロローグ

歴史ある温泉宿、猫鳴館(ねこめいかん)。

その客室に戻った俺――新見優斗(にいみゆうと)を一人の女性が三つ指ついて出迎えてくれた。

「おかえりなさいませ、優斗君。ご飯にしますか？　お風呂(ふろ)にしますか？」

猫鳴館で俺のお世話をしてくれている、可愛(かわい)らしい女性。その名もシャム猫。

猫耳と猫尻尾を付けた、いわゆる猫娘(ねこむすめ)という存在らしい。

「それとも～……私にしちゃう？」

悪戯(いたずら)な笑みを向けるシャム猫。そんな彼女に、平然と返す。

「そうだな。まずは温泉で。ここの温泉、気持ちいいからな」

「あっ。私のことスルーした～。かなしい……」

「だってまずは汗流したいし……」

めそめそ……と、シャム猫が目元を拭う。これは確実に泣きマネだろう。

「ちなみに、シャム猫を選んだらどうなるんだ？」

「その場合は優斗君を、い～っぱい甘やかしてあげま～す♪　お耳掃除とか～、マッサージとか～、なんでも、好きなことしてあげるよ？」

「なるほど。つまりは、いつも通りか」

「うんっ♪　トロトロに癒やしてあげる♪」

俺はわけあって数日前から、この猫鳴館に泊まっている。そしてシャム猫から様々なおもてなしを受けているのだ。

シャム猫に甘やかされながら、広い旅館でくつろぐ日々。受験勉強での疲れを癒やす、まさに至福の時だった。

「でもまぁ、まずは温泉がいいかな。長時間散歩して疲れたし」

「は～い。それじゃあ、温泉に……って、あれ？」

シャム猫が、俺の足を見て動きを止めた。

「優斗君、大丈夫？　足、すりむいちゃってるよ？」

「え？　あぁ。本当だ」

そういえば、さっき段差で転んだっけ。痛みはほぼないが、小さな傷ができている。

「大変……すぐに手当てしなきゃ」

「いや、これくらい大丈夫だけど……」

「だ～め。バイ菌が入ったら、大変でしょ？」

シャム猫がすぐに部屋を抜け出し、救急箱を持って戻ってくる。

「優斗君、痛い痛いでかわいそぉ……。大丈夫？　辛くない？」

「今は全然。体洗う時は、少し沁みるかもしれないけど……」

「それじゃあ、早く治療しないとね」

救急箱から消毒液を取り出す彼女。

「ちょっと痛いけど、我慢してね？」

傷口を消毒してくれる。その後、手早く傷口を拭かれた。

「はい、消毒おしま～い。大丈夫？　痛くなかった？」

「ああ。ほんの少し沁みただけ」

「よかったぁ……優斗君に何かあったら、私もう生きていけないよぉ」

シャム猫は、心からほっとしている様子だった。大げさなほど心配してくれてるな。

「優斗君、消毒耐えられて偉いねぇ。よしよし♪」

「これくらい、耐えられない方がおかしいって」

それでも、シャム猫は俺の頭を撫でる。照れくさいな……でも、嬉しい。

俺の全てを受け入れ、肯定する。そんな深い優しさを感じた。

「それじゃあ、絆創膏だけ貼っておこうか。痛いの痛いの～とんでけ～♪」

明るく言いつつ絆創膏を貼ってくれる。

「よし。これでオッケー。きっとすぐに良くなるよ～」

「ありがとう、シャム猫。助かるよ」

「ふふ♪　優斗君、怪我にも負けなくて立派だね。強い子、強い子♪」

また俺の頭を撫でる彼女。手つきが優しく、気持ちがいい。

「それじゃあ治療も終わったし、そろそろお風呂入ろっか。私も着いて行くからね？」

「あ、いや。一人で入れるけど……」

「いいのいいの。遠慮しないで？　私がお背中、流してあげる～♪」

彼女はすでに俺の着替えを手にしていた。

「優斗君、強くて偉いから。ご褒美♪　それにこれも、私の仕事だから」

パチッとウインクを飛ばされる。どうしよう、ものすごく可愛いぞ。

そんな可愛いシャム猫にいつも尽くしてもらえる俺は、とんでもない幸せ者だ。本当に、この猫鳴館に来られてよかった。

そう思うと、自然と頭に浮かんでくる。

ここに来て初めて彼女に会ったときのことを。

第一章　猫鳴館へようこそ

チリーン……チリーン……。


耳に響く、綺麗(きれい)な鈴の音。

俺は気が付くと見知らぬ場所に立っていた。

「ここは……？」

不思議に思い、辺りを見渡す。

しかし濃い靄(もや)がかかっており、周囲の様子は確認できない。認知できるのは、虫の音と風が草木を揺らす音。そして、さっきから聞こえる鈴の音だけだ。

「おかしいな……。部屋で勉強してたのに……」

俺は明日、高校のテストを控えている。受験生でもある俺は、少しでも良(い)い点を取るために夜遅くまで勉強を続けていたのだが……記憶はそこで途切れている。

もしかしたら夢でも見てるのか？　そう思い頬をつねってみるが、たしかな痛みが現実であることを教えてくれた。

その時ふと、俺は気が付く。


チリーン……チリーン……。


鈴の音が、すぐそこまで近づいていることに。

「あれ？　お客様かにゃ？　こんばんはぁ～」

「……っ！」

声に驚き振り返る。

見ると、後ろに女性が立っていた。

年齢は二十代前半くらいだろうか。着物姿の、ロングヘアーの女性である。おっとりとした雰囲気で、ライトグリーンの瞳と太めの垂れ眉が特徴的だ。

しかしそれ以上に特徴的なのは……頭に生えた猫耳と、お尻から伸びる猫尻尾だ。

「…………っ⁉」

その姿と、突然側（そば）に女性が立っていた驚きで、俺は一歩後ろに下がる。

恐る恐る、震える声で問いかけた。

「えっと……あなたは……？」

「私は、シャム猫。猫鳴館のおもてなし担当猫娘だよ～」

猫鳴館……？　猫娘……？

知らない言葉ばかり聞かされて、俺はキョトンと首を傾げる。

「あ。猫鳴館を知らないのかにゃ？　私の後ろにある建物だよぉ」

「え……？」

気付けば、いつの間にか靄が晴れていた。そして靄が晴れた先……シャム猫と名乗った女性の後ろには、宿と思しき古風で荘厳な建物があった。

「じゃ～ん。これが五百年もの歴史ある、由緒正しき温泉宿でございます～」

「お、おぉ……」

たしかに立派な建物だ。宿場町の一角にあるような、古き良き日本風の建物。『猫鳴館』と書かれた看板が厳かに掲げられており、いかにも老舗といった旅館だ。

でもやっぱり、俺はこの場所に覚えがない。一体いつの間に迷い込んだんだ？

いや。それよりも気になるのは、この目の前の女の人だ。

シャム猫と名乗った猫娘を、俺はじっと観察する。

「ん？　どうしたのかにゃあ？」

ぴょこぴょこ（猫耳）。ふりふり（尻尾）。

「…………⁉」

猫耳も尻尾も、動いてる。コスプレなんかじゃなく本物だ。

「マジか……」

猫娘という妖怪はアニメや漫画で見たことがあるが、彼女もその類ということか？

でも、妖怪っていうような禍々しさは、彼女から感じられないんだよな……。

いや。そもそも妖怪なんて、この世に実在するわけがない。

やっぱり、きっとこれは夢だ。自分は夢を見ているのだろう。受験勉強に疲れたせいで、やけにリアルでおかしな夢を見ているんだ。

「お客様、大丈夫？　なんだか、ちょっと顔色悪いよ？」

「あ、その……俺、客じゃないです。なんか、知らない間に迷い込んでて……」

夢だろうけど、気付いたら律儀に答えていた。

「俺、東京から来たんですけど……どうやって帰るか、知りませんか？」

「ん～……。ごめんね？　ちょっと分からないにゃあ」

「そうですか……。すみません。失礼しました」

頭を下げ、シャム猫さんに背を向ける。

とりあえず、目が覚めるまで辺りをうろつこう。夢でも気分転換になるかもしれない。

そう思い、歩き出そうとするが——

「あ、待って待って！」

シャム猫さんが、俺の前に立つ。

「もし行くところが無かったら、猫鳴館に泊まっていかない？」

「え？」

「君、迷ったってことは帰り道も分からないんだよね？　もう夜も遅いし、今日はゆっくり休みなよ～」

たしかに辺りは真っ暗だ。猫鳴館の店先の提灯が煌々と明かりを放っている。

「でも俺、お金持ってませんし……」

「そんなのいいの。困ったときはお互い様だよぉ～」

ニコッ、とおっとりした笑みを向けるシャム猫さん。

「それに君、すっごく疲れた顔してるし。おもてなし担当猫娘として、放っておくなんてできないにゃん」

「え……そうですかね？」

「うん。今にも倒れちゃいそうだよぉ？　だから、ここで休んでいって？」

たしかにシャム猫さんが言った通り、俺はここのところ勉強ばかりで疲れていた。こんなに立派な宿で休めるのなら、願ってもない幸運だ。たとえそれが夢であっても。

そうだな……どうせ夢なんだ。こうなったら、目が覚めるまでゆっくり休もう。

そう思い、俺は頭を下げる。

「それじゃあ……お言葉に甘えさせてもらいます」

「ふふっ。そうこなくっちゃぁ。ところで、お客様のお名前は？」

「優斗（ゆうと）っていいます。新見（にいみ）優斗」

「じゃあ優斗君って呼んでもいい？　私のことは、シャム猫って呼んでほしいにゃん♪」

「分かりました。シャム猫さん」

挨拶を済ませ、彼女の案内で猫鳴館の扉をくぐる。

「ふふっ。ようこそ猫鳴館へ。……にゃんっ♪」

※

「おぉっ……！　すごい……！」

猫鳴館の客室に通され、俺は感嘆の声をあげる。

そこは、日本情緒豊かな和室の部屋。十五畳もある広い部屋の中央には、美しい黒塗りの机とリクライニングの座椅子が置かれている。ゆったりとくつろげそうな空間だ。

床の間には紅葉の枝の生け花が奥ゆかしく飾られ、達筆な文字で何かが書かれた掛け軸も、格調の高さを演出している。

さらにこの部屋、小さな庭園までついていた。障子の下半分がガラス戸になった、いわゆる『雪見障子』から、枯山水の庭園を覗ける仕組みになっている。そして庭園の隅に置かれた灯籠が、夜闇の庭園を照らしていた。

上品に、しかし贅を尽くした部屋だった。その豪華さに見とれてしまう。

「どうですか？　お客様。こちら『蓬萊の間』は、大切なお客様のための特別室となっております」

「なんというか……圧巻です。でも、いいんですか？　こんないい部屋……」

「もちろん♪　さぁさぁ、遠慮せず入ってね？」

促され、早速部屋に上がる。そして上等そうなリクライニングの座椅子に腰かけた。

「おっ……おお……！」

思わず、声が出るほどの心地よさだった。座椅子に体を預けた瞬間、身が沈んでいくような感覚。硬い学習椅子で固まった体がほぐされていく感じがした。

「すごい……くつろぐ……」

「よかったぁ。気に入ってもらえて」

シャム猫さんも一緒に部屋に入ってくる。

そして彼女は部屋の奥から、急須と湯呑を持ってきた。

「さて、まずは一口、マタタビ茶でも召し上がれ」

「マタタビ茶……？」

「うん。猫鳴館の名物なの。温かくて、美味しいよ？」

丁寧な手つきで急須からお茶を注ぐシャム猫さん。ウーロン茶に似た濃い色のお茶から、
ほわっと白い湯気が立つ。温かそう……。

「はい、どうぞ。召し上がれ～」

「あ、ありがとうございます……」

マタタビって飲めるのか？　まぁ、いいか。どうせ夢だし。

とりあえず、一口飲んでみる。

すると、独特の香りと程よい苦みが口の中に広がった。なんだかホッと落ち着く味だ。

「おいしい……」

「そうでしょ～？　私もこれ、好きなんだ～。少し時間を置いてから飲むと、甘みが出て

来て飲みやすくなるの。よかったら、後で試してみてね？」

「ありがとうございます。そうします」

火傷しないように気を付けながら、チビチビとマタタビ茶を口にする。

しかし、夢にしてはやけにリアルに味が分かるな。

「お隣、失礼いたしますね～」

不思議に思った直後、シャム猫さんが隣に座った。

近すぎず、だけどすぐ側に彼女を感じる距離感だ。

「えへへ♪　優斗君がここに泊まっている間は、私がいっぱ～いおもてなしすゆねぇ」

「おもてなし、ですか？」

「うん。私、他のことはなぁ～んにもできないけどー、だらけたりするのは得意なの。だから、癒やしに関してはエキスパートなんだよ？」

それは誇れることなのだろうか？

「それに今はたまたま、他にお客さんいないんだぁ～。だから、君の貸し切りだよ？　よりゆったりできると思うんだぁ」

「あ。そうなんですか」

「その分いっぱい、君をだらけさせてあげるからねぇ」

なぜか指をワキワキと動かしながら、怪しげな笑みを浮かべるシャム猫さん。何をされるのか、不安なんだが。

いや……それよりも、もっと気になる疑問がある。

「あの……ところであなたは、どういう存在なんですか？　人？　それとも猫的な？」

「ん〜？」

さっきからずっと気になってた。夢だからと言ってしまえばそれまでだが、一応試しに聞いてみる。

「さっきも言ったでしょ？　私は、猫娘のシャム猫だよ。ちなみに猫娘っていうのは、猫の星からやってきた、とってもかわゆい女の子なの」

「猫の星……？　そんなのがあるんですか」

「な〜んてね。ふふっ♪」

「いや、嘘（うそ）かよ！」

思わず、強くつっこんでしまった。結局、猫娘がなんなのかは分からない。この旅館で働く仲居さんというのはたしかなようだが……。

なんにせよ、あくまでここは夢の世界。じきに目が覚めてしまうだろう。

ならそれまでの短い間、この子のおもてなしを堪能（たんのう）しよう。気分転換になるはずだ。

「でも……おもてなしって、具体的に何かするんですか？」

「うん、もちろん！　色々あるよ～。例えば、ねこじゃらしでこしょこしょしたり～……あと、膝枕で耳かきをしたりね」

「ひ、膝枕……!?」

猫娘という特殊な女の子に、膝枕で耳かきされる。なんか、すごい濃い夢だな……。俺、もしかして欲求不満か？

「あ、でも今日はもう遅いから、そろそろゆっくり休みたいよね？　じゃあ、よく眠れるようなおもてなしにしよっか～」

立ち上がるシャム猫さん。そして彼女は押入れから布団を取り出して、手慣れた手つきで隣の寝室に敷いていく。

そして俺を見て、笑顔で言った。

「寝る前にマッサージ、してあげゆね」

※

「さあ、まずはこっちに横になってね～。気持ちいい高反発のお布団」

「あ、はい。失礼します……」

言われるがままに、俺は布団に横になる。

「は～い。それじゃあ、おもてなし本番。今日は君をぉ、だらだらとろとろ、ふわふわにしてぇ♪　体中、しゃーわせぇ……にしてあげる。じゃあ背中、失礼しまぁす……♪」

シャム猫さんが俺の腰に乗る。

うおぉ……彼女のお尻、柔らかい……！　なんだこのリアルな感触は。やばいぞ。

「うひゃ。おっきな背中ぁ……。ふふ。男の子って感じ、すゆね」

「そ、そうですか？　俺、普通の体格ですよ？」

「それでも、女の子よりも立派だよぉ。あ、そうそう。重かったりしない？」

「あ、はい。多分――」

「こういうときはね？　重くても、重くないってゆーのが正解だからねぇ♪」

食い気味にシャム猫さんが釘をさす。

俺は「はい」と素直に返しながら、女性に乗られているという特殊な状況に汗を流す。

「ふふっ。優斗君。今日は知らない場所に来て、大変だったねぇ。びっくりしたねぇ」

「そうですね……正直驚きました」

「でも、むしろラッキーだったかも。だって、私の心のこもったおもてなしを、たっぷり受けられるんだから」

「それはたしかに、そうかもです」

旅館の豪華な部屋に泊まって、しかも可愛い仲居さんのおもてなしを受ける。こんな幸運、夢でなければあり得ないだろう。

きっとこれは勉強漬けの自分への、神様からのご褒美だ。この夢の時間を満喫しよう。

「この広いお背中、いっぱいマッサージしたげるね。最初は肩……首の付根から触るよぉ」

シャム猫さんの手が触れてくる。華奢で細長い、白い指。女性の指が触れる感覚に、なんだか恥ずかしいような、くすぐったいような気持ちになる。

「まずはこのあたりかな～……よいしょ～っと」

そしてシャム猫さんが、施術を開始。

女性らしく繊細な指で、肩をグッと強く押してくる。

「んっ……！」

気持ち良さに、思わず声が出る。

勉強中に同じ姿勢で固まった肩が、指圧によってほぐされる。なんだか未知の快感だ。

「んっ……んっ……んっ……にゃー♪　んっ……んっ……んっ……にゃー♪」

独自のリズムを付けながら、施術を進めるシャム猫さん。グッグッと何度も指圧されるたびに、少しずつ肩の凝りが和らいでいく。疲れまで解けていくような感覚だ。

「どぉ？　マッサージ、きいてるかな？」

「はい……すごく気持ちいいです。肩、思ったより凝ってたんですね」

「そうだねぇ。ちょっとかわいちょぉ……。最近お疲れさん、なのかなぁ？」

「ええまあ……ずっと勉強ばかりしてたので……」

「それはそれは……大変だねぇ。勉強って、なんのお勉強？」

「普通に受験勉強ですよ。志望校、ちょっと厳しくて……」

目指している大学は、都内の偏差値高めの場所だった。俺の成績は悪くはないが、頑張らなければ合格は厳しい。

「そっか……それじゃあ、毎日頑張ってるんだね」

グッグッと肩を指圧する彼女。張っている場所を親指の腹で揉み解してくれる。

「優斗君、しっかり努力して偉いねぇ。お姉さん、尊敬しちゃうなぁ」

「いや……別にそれほどでは……」

「でも～……あんまり頑張っちゃ、ダメなんだよ？」

「え？」

めっ、とシャム猫さんが俺を叱る。

「優斗君の体が、一番大事なんだから。受験で体を壊しちゃったら、本末転倒なんだからね？　そうでしょ？」

「あ……それは……」

「だからこれ以上、頑張るのは禁止～。優斗君には、もう勉強はさせませ～ん」

「シャム猫さん……」

ジン、と胸が熱くなる。こんなに優しい言葉、最近かけられてなかったな……。

「それとね？　今まで頑張った優斗君には、お姉さんがご褒美い～っぱいあげる」

「ご褒美？」

「よしよし。優斗君は、すごいすごい」

シャム猫さんが、頭を優しく撫で(な)てきた。

「あ、あの……シャム猫さん……？」

「ふふっ。たーくさん甘やかして、ストレスぜ～んぶなくしてあげるね」

とっても甘い、彼女の囁き(ささや)き。

「優斗君は、ここでは何もしなくていいんだよぉ？　君のことは、何でも私がやってあげるから♪」

この人、ひたすらに俺を甘やかそうとしてくる。こんなむき出しの優しさを向けられたの、初めてなんじゃないだろうか？

「いっつも頑張ってるご褒美に、私が全部面倒みたげる。それくらいしかできないけど、ずっと快適に過ごせるようにお姉さんがサポートするからね？」

「いや、十分すぎますよ……。というか、俺も自分のことは自分でしますし」

「ううん。優斗君はただ私の側(そば)で、微笑(ほほえ)んでいてくれればいーの。むしろ、それしかできなくしたげる♪」

「それ、とんでもないダメ人間では？」

そんなやつ、これから生きていけないだろ。

「とりあえず今はぁ～……もっと全体的にマッサージしてくね～」

「あ、はい……。お願いします」

彼女は指圧の場所を移していく。左肩から、左の二の腕へ。次は右肩から、右の二の腕へ。全体的にマッサージしていく。

「わぁ……！　優斗君、ほんといい体つきしてるよねぇ～……。これぞ男の子って感じ。頼もしくて、ちょっと格好いいかも」

「あ、ありがとうございます……」

マッサージしながら、背中を撫でてくるシャム猫さん。

勉強漬けで体に自信はないが、褒められると悪い気はしない。

「ねぇねぇ、ちょっとさわさわしてもいい？　優斗君の体」

「あ、はい。別に良いですよ」

減るもんでもないし、普通に頷く。

「ありがと～！　わ～……腕も結構、筋肉付いてるんだねぇ。びっくり……」

「そうですか……？　一応、バイトで重い物運んでたからかな……」

「へぇ～！　バイトもやってるんだ。いつも頑張って、本当に偉いね」

ペタペタと体を触られる。「わ～！　すご～い！」と声を上げながら、腕や背中をなでなでしてくる。

なんか、さすがにちょっと恥ずかしいな……。でも、男として誇らしい気分だ。女の子に体を褒められるのは──

「えいっ。えーいっ」

「うひゃぁっ⁉」

急に、脇腹にこそばゆい刺激。

「あははっ。優斗君、反応面白いねぇ」

どうやら、シャム猫さんにくすぐられたらしい。

「ちょっ、やめてくださいよ！　びっくりするなぁ……」

「だって、隙だらけだったんだもん♪」

「理由になってないですよ……。俺、くすぐり弱いんですから」

「そうなの？　それを聞いたら、やるしかないねぇ？」

「え？」

「さぁ、喰らえ～。こちょこちょこちょ～！」

シャム猫さんが、容赦なく俺の脇腹をくすぐる。

「なっ……！　くっ……あははは！　しゃっ、シャム猫さん！　ダメですって！」

「あははっ。優斗君、可愛いなぁ～」

「笑ってないでやめてっ……ははは！」

「良い反応だね～。さわさわ、こちょこちょ～」

気づけば俺はこんな具合で、シャム猫さんにじゃれつかれていた。

なんとか抵抗しようとするも、俺の体はシャム猫さんのお尻の下だ。彼女にガッチリ固定されていて、どうあがいても逃げられない。

それに正直……可愛い女性に悪戯されるのも、あまり悪くないものだった。笑顔でくすぐってくる彼女との恋人のような距離感が嬉しく、俺はそのまま弄ばれる。

そして、十分ほどが経った頃……。

「はぁっ……はぁっ……疲れました……」

「ゴメンね？　調子に乗りすぎちゃったかも……」

息も絶え絶えな俺に、シャム猫さんもさすがに申し訳なさそうだ。

「でも、リラックスはできたんじゃないかにゃあ？　とろんってした顔になってるよ？」

「あ……たしかに……」

夢の中とはいえ、初対面の女性とじゃれ合うという、極めて特殊で嬉しい体験。もはやマッサージではなくなっていたが、そんな時間が俺の心を癒やしてくれていた。

マットレスの寝心地の良さやシャム猫さんの体温もあり、大きなあくびが出てしまう。

「ふふっ……眠そうな君のお顔も、可愛い……！　それじゃあ、今日はもうおねんねしようか。私がずっと見ててあげるから、リラックスして目を閉じて？」

「あ……はい」

再び、シャム猫さんが俺の頭を撫でてくれる。

その心地よさも加わって、瞼が重くなる。目を閉じる。

「お利口さんにおねんね出来て、えらいねぇ。よしよし……よしよ～し……」

シャム猫さんの可愛らしい声と少し間延びした話し方が、心を落ち着かせてくれる。

マッサージの効果もあるのだろう。彼女にひと撫でされる度、睡魔が強くなっていく。

「また明日から、いっぱいおもてなしするからね？　楽しみにしててほしいなぁ」

「はい……ありがとう、ございます……」

「それじゃあ、おやすみ～。いっぱいいい夢、見れるといいにゃん♪」

意識が、少しずつ遠のいていく。

そして俺は眠りについた。

第二章　シャム猫のおもてなし

「ん……んむぅ……」

差し込む朝陽が顔に当たって、俺の意識が覚醒する。

布団の中でゆっくりと目を開け、寝ぼけた視界を手でこする。

「あれ……？　ここは……」

そして、辺りを見て気づく。目を覚ました場所が、自宅のベッドではないことに。

「ここって……昨日夢で見た……」

俺が寝ていたのは、猫鳴館の客室だ。横になっているマットレスの感触は、昨日味わった心地良さそのもの。

「えっ……？　はぁっ……!?」

俺はいつの間にかかけられていた温かい羽毛布団を剝いで、心地よい布団から飛び出した。そして居間へ移動してみると、やはりそこには昨日と同じく、豪華な机や座椅子があった。生け花や掛け軸の飾られている床の間や、枯山水の庭園もある。

さらに昨日は暗くて見えなかったが、窓の外は絶景が広がっていた。客室からは目の前に広がる森林の風景を一望でき、しかも今はちょうど紅葉の季節らしい。森全体が紅く鮮やかに色づいた姿を、視界いっぱいに楽しめる。

間違いなくここは、あの旅館の一室。昨日泊まった、猫鳴館の部屋だった。

でもおかしい。あの旅館は、昨夜見た夢だったはず……。

「まさか……夢じゃなかったのか……!?」

一夜明け、朝になった今ならわかる。これは確実に夢じゃない。

これは紛れもない現実だ。俺はなぜか、この旅館に迷い込んでいる。

「あっ。優斗君、もう起きてたんだねぇ」

「っ！」

部屋の戸が開き、見覚えのある女性が部屋に入ってきた。

シャム猫という猫娘だ。彼女も当然夢ではなかった。

「シャム猫、さん……?」

「おはよう、優斗君。朝早いんだね～。私なんてまだ眠いよ～。ふあぁ……」

可愛らしく欠伸を漏らすシャム猫さん。そんな彼女を前に、俺はただただ困惑する。

俺……なんでこの旅館に来たんだ……!?

昨日の出来事が夢じゃないとすれば、俺はテスト勉強をしていた際に、突然ここまで来たことになる。そんなことは普通、あり得ないはず……。

「そうだ……テスト……！」

今日は中間テストの初日なのだ。帰れないと本当にマズイ。無断欠席なんてしたら、○点扱いになって内申に大きな傷がついてしまう。

「あ、あの！　シャム猫さん！　俺、今すぐ家に帰りたいんですけど！」

「え？」

「ここからどう帰ればいいか知りませんか⁉　家は東京の××って所なんですが……」

「う～ん……。ごめんね？　私、その場所知らないにゃぁ……」

「それじゃあ……駅の場所を教えて下さい！　この近くに駅、あるでしょう⁉」

「えっと……それも、分かんない……。というか、駅は無いと思うよ？」

駅が無い。その言葉にフラついた。だとすると、どうやってこんな山に近い温泉宿に来たのか、いよいよ分からなくなってくる。

「とりあえず、朝ご飯を食べて落ち着こうねぇ。今日のご飯はぁ……じゃ～ん♪　ブリの照り焼きとぉ、たっぷり薬味の冷ややっこぉ～♪」

シャム猫さんが持っていた膳をテーブルに置く。膳には他にも味噌汁（みそしる）やカボチャの煮つ

けなど、美味しそうでバランスの良さそうな和食が丁寧に並べられていた。

「私はちょっと他の仕事があるから、一回席を外すねぇ～。また優斗君が食べ終わった頃に来るからね」

「えっ？　シャム猫さん⁉」

またね♪　と、手を振って部屋から出ていく彼女。そして俺は一人残される。

「マジか……どうする……？」

もちろん、すぐに家に帰らないといけない。そして、テストを受けなければいけない。

昨日は夢だと思っていたからシャム猫さんの好意に甘えたが、現実となれば話は別だ。

これ以上長居するわけにはいかない。

それに……。あんまり長居して、彼女に迷惑をかけたくはないしな。

しかし帰り方はおろか、駅の場所まで分からないのはかなり困った状況だった。

「しょうがない……自分で探すしかないか……」

きっとシャム猫さんが知らないだけで、そう遠くない場所に駅やバス停があるはずだ。

とにかく、早く帰る方法を探さなければ。そう思い俺は部屋から飛び出す。

そして廊下をまっすぐ歩き、猫鳴館の外に出た。

「おぉ……」

宿の外は、やはり素晴らしい景色だった。

社会の資料集で見た宿場町のような、江戸情緒の溢れる建物がずらりと並んでいる。部屋の窓から見えたような紅葉した木もあちらこちらに立っており、金木犀の良い香りも、ふわりと鼻腔を刺激する。

それにどこからか湯気が立ち込めているところも、温泉街らしい風情があった。思わず景色に見とれるほど、素晴らしい場所だと言わざるを得ない。

「って、違う！　のんびりしてる場合じゃない！」

頭を振り、元の目的を思い出す。帰り道を探すため、ひとまず森とは逆へ走り出す。

でも、本当におかしいぞ。俺はどうしてここに来たんだ？

勉強していてここに迷い込むこと自体あり得ないし、こんな場所は俺の住んでる街に存在しない。俺の街は都心で、近くに森なんてないからだ。仮に俺が夢遊病か何かで無意識に外へ出たとしても、こんな場所にはたどり着けない。

どうしてこんなところに来たのか。全く見当がつかないぞ。経緯が全然思い出せない。

というより……なんだか、記憶がおかしい。

「あれ……？」

なぜここに来たのか思い出そうと記憶の糸をたどる過程で、俺は一つの違和感に気づいた。それは、記憶が一部曖昧になっているということだ。

基本的な記憶はちゃんとある。自分が東京に暮らしている、高校三年の受験生であること。昨日までテスト勉強に勤しんでいたこと。仲の良い女性がいないこと以外は普通の男子学生であること。そのことはしっかり理解している。

しかし……昔のことが思い出せない。なんだか不思議な感覚だ。もしかしたらこの場所にきたせいで、記憶が飛んでいるのかもしれない。

それに、不思議なことはまだあった。それはシャム猫——猫娘という存在だ。

彼女は、一体何者なんだ？　東京の地名や駅の場所も知らないということは、見た目通り人ではない可能性もある。それにこの場所も、普通の世界とは違うのかも。

そんなことを考えながら、俺は小走りで移動する。バス停や駅などを探し回って、宿場町のような温泉街をしらみつぶしに駆けていく。

しかしこの町にあるのは、温泉街らしくお土産を取り扱う売店や、食堂と思しきお店くらいだ。それらも朝早いせいか閉まっているようで、誰かに話を聞くこともできない。

そして二時間ほど歩き回った頃には、俺はすっかりクタクタだった。

「はぁ……はぁ……なんか、疲れた……」

久しぶりに長距離を歩いたため、すでに息は絶え絶えだ。それにこの町は入り組んでいて、俺は今自分がどこにいるのかも分からない。

「ああもう……ホント、どこなんだよここ……」

フラッとよろめく。なんだか、異様に体が疲れていた。たくさん動いたせいだろうか。

それとも、最近徹夜で勉強していた疲れだろうか。きっと、その両方だろう。

しかも、今になって気がついた。

「なんか……お腹空(なかす)いたなぁ……」

そういえば、朝食を食べずに飛び出したんだった。

「くそっ……。少し、休もう。少しだけ……」

早く帰りたいのはやまやまだが、このまま動き回るのは無理だ。

俺は近くのベンチに腰を下ろす。そして、そのまま目を閉じた。

※

「――優斗君……大丈夫？　優斗君」

「んぐ……あぁ……？」

呼びかけに、ゆっくり目を開く。

俺の視界には、自分を見下ろす少女の姿。

「あれ……シャム猫さん……？」

「あっ、起きた……！　優斗君、大丈夫？」

シャム猫さんに体を優しく揺すられた。

「あ……は、はい……。その、ここは……？」

疑問に思い周りを見る。すると俺は、猫鳴館の部屋で横になっていた。

「優斗君、外のベンチで寝てたんだよ？　部屋にいないから探しに行ったら、外で倒れてたんだもん。お姉さん、驚いちゃったなぁ」

「え……？　俺、意識失ってたんですか……？」

「うん。だから他の猫娘と一緒に、二人で優斗君を運んだの」

どうやら、休むために座って目を閉じた直後に、そのまま眠ってしまったらしい。

ってか、シャム猫さん以外にも猫娘っているんだな。

「あの……すみません。心配かけて」

「私は大丈夫。それより、心配なのは優斗君だよぉ」

シャム猫さんが俺の額に手の平を当てた。

「熱はないみたい……。ってことは、多分過労で倒れたんだね？」

「え……？」

「優斗君、ここのところずーっと勉強で忙しかったんでしょ？」

シャム猫さんの言う通りだ。俺は最近、志望校に行くために、取り憑かれたように勉強をしていた。

「その疲れが一気に出ちゃったんだよ。休めば良くなるはずだけど……疲れが取れるまで、無理しちゃだめだよ？」

「でも……テストがあるから、帰らないと……」

「テストより、体の方が大事でしょ？」

めっ、と怒って言うシャム猫さん。俺は言葉を詰まらせてしまう。

さらに彼女は続けて言う。

「ねぇ、優斗君……。多分だけど、君がここに来たのは神様が呼んだからじゃないかな？」

「神様が……？」

「うん。優斗君が倒れるくらい無理して色々頑張ってたから、休ませるために猫鳴館に呼んだんだよ。だから、突然迷い込んだの」

たしかにそう言われても信じられるほど、これはおかしな状況だ。突然迷い込んだ猫鳴館という温泉宿に、猫耳と尻尾の生えた美少女。どう見ても現実的ではない。

「もしかしたらここは、優斗君のいた世界とは違う場所かもしれない。君が焦っちゃう気持ちも分かる。でも、せっかくここに来たんだから、今はしっかり休もうよ？　どの道、まだ帰れそうにはないんでしょ？」

「それは……はい。帰れそうにはないです」

「ね？　それに休んでも誰も怒ったりしないよ？　優斗君は今までいっぱい、頑張って生きてきたんだもん。それこそ、疲れて倒れちゃうほどにね」

そういえば、昨日の俺も深夜まで続く勉強の結果、倒れるように寝たんだっけ。そして目が覚めたら、ここにいたんだ。

「優斗君……本当に今まで、大変だったね？」

「シャム猫さん……むぐっ……!?」

シャム猫さんにギュッと抱きしめられる。そして、大きな胸に俺の顔が埋まった。

「毎日毎日バイトしたり、勉強したり……大変だったよね？　よしよし……よしよし」

その状態で、頭を優しく撫でる彼女。恥ずかしさに顔が赤くなる。

「でもここでは、もう頑張らなくていいんだよ？　昨日も言ったけど、ここにいる間は私がいっぱい、甘やかしてあげるから」

「シャム猫さん……」

「私のおもてなしで、ストレスぜ～んぶ、ないないしようね？　優斗君のこと、骨抜きになるまで、しゃーわせにしてあげちゃうにゃん♪」

優しい笑顔を向けるシャム猫さん。

その笑顔と言葉に、なんだか心が救われる思いだ。普段の自分の頑張りを全て認めてもらえたようで、気持ちが一気に軽くなる。

もしかしたら彼女の言う通り、俺は自分でも気が付かないうちに疲れ切っていたのかもしれない。どの道帰れないのであれば、この場所でお世話になるしかないし、休養に専念するべきかもな。

それに俺にはなんとなくわかる。シャム猫さんが本当に、俺を想ってくれていると。

「じゃあ……しばらくの間、お世話になります」

そう言い俺が頭を下げると、シャム猫さんは元気よく「にゃんっ♪」と鳴いた。

※

猫鳴館でしばらく休むと決めてから、シャム猫さんの本格的なおもてなしが始まった。

「優斗君、外を歩き回って汗かいてるよね？　まずは温泉で、ゆっくりする？」

「温泉、いいですね。旅館と言えば温泉ですし」

「それに猫鳴館の温泉は、『マタタビの湯』って露天風呂（ろてんぶろ）でね？　猫鳴館の創業当時からある温泉なの。すっごくリラックスできるんだよ？」

「マタタビの湯……。聞いたことのない温泉ですね」

　旅館の端へ向かってしばらく長い廊下を歩くと、囲炉裏の間という休憩用の部屋がある。その部屋の木製の扉を開くと、露天風呂に通じる脱衣所に着いた。

「へぇ……広い脱衣所ですね」

「脱衣所だけじゃなくて、露天風呂も広いよ？　それに景色も……じゃ～ん♪」

　シャム猫さんが露天風呂に通じる引き戸を開ける。

　すると湯気の立ち上る、広い露天風呂が目の前に広がる。

「おぉ……！」

　それは石畳、岩作りの露天風呂だ。周りを竹林で囲まれており、その奥にあるのは紅葉である。赤い紅葉を夕焼けがさらに照らしている。さらに風が吹くたびに木々が揺れる音がガサガサと耳に心地よく聞こえ、等間隔で鹿威し（ししおど）のカポーンという音も聞こえてくる。温泉の風情が詰まったような空間だ。

それに、なんだか独特の甘い匂い……。

「これがマタタビの香りなの。猫娘たちは、このお湯に浸かりすぎると酔っちゃうんだよね。ま、私は簡単には酔わないけどね？」

「なるほど……やっぱり、猫だから……」

猫はマタタビに弱いとよく聞く。実際俺も、猫がマタタビの粉の匂いを嗅いで、酔ったように暴れる動画を見たことがあった。

しかし、人間まで酔うことはないだろう。

「それじゃあ早速入ってみます。温泉なんて、久しぶりだから楽しみです」

「うん！　ゆっくり浸かっていってね」

笑顔を向けるシャム猫さん。彼女が脱衣所から出たらすぐ、服を脱いで体を洗おう。

しかし俺がそう考えた直後、シャム猫さんが言いだした。

「それじゃあ、まずは～……服、脱がせちゃうね～」

「えっ……!?」

両手をワキワキと動かしながら、俺に迫ってくるシャム猫さん。

「はい。体こっち向けて？　服脱ぐの、お手伝いしてあげゆ」

「なぁっ!?」

服を脱ぐのを手伝う、だと……⁉

「いや、いりませんよ！　それくらい自分でやりますから！」

「いいの、いいの。遠慮しなくて。これも、猫娘のお仕事だからねぇ」

「いや、遠慮っていうか……」

単純に、死ぬほど恥ずかしい。女性に服を脱がしてもらうなんて……！

「もう。そんなにかしこまらないで？　さっきも言った通り、ここにいる間は私がいっぱい、甘やかしてあげるから」

「でも……お仕事だからって、さすがに服は……」

そんなシチュエーション、どうしてもいかがわしい想像をしてしまう。シャム猫さんにそんなつもりはないと分かっていても。

「いいから、いいから。頑張り屋さんの優斗君は、一度しっかり甘えなきゃダメだよ～？　そうしないと、疲れも取れないからね？」

「で、でも……」

「だから今日は、やりすぎってくらい私に甘えて？　また倒れちゃわないためにも。ね？」

そこまで言われると言い返せない。実際、さっきも迷惑をかけたからな。

「……わ、分かりました。じゃあ、お願いします……」

有無を言わせぬ包容力に、俺は抵抗を諦める。体をシャム猫さんに向け、両手を広げた。

「そうそう、年上の言うことは聞かないとね～」

素直でえらいえらいと撫でられる。

その後、彼女は俺の羽織を脱がし、下に着ていた浴衣の紐も解いて外す。

服を脱がしてもらうのなんて、小さいとき母親にしてもらって以来だ。恥ずかしいような、でも少しだけ嬉しいような不思議な感覚が湧き上がる。

「よいしょ……よいしょ……。脱ぎ脱ぎ、脱ぎ脱ぎ～」

「……っ！」

浴衣も脱がされ下着姿に。

女性の前で肌を晒し、顔が熱くなった。

「あ、あの……さすがにここから先は……」

「ん～、そう？　まぁ、裸を見るわけにはいかないもんねぇ」

シャム猫さんは俺の服を綺麗に畳み、脱衣所の篭の中へしまった。

「じゃあ、これどうぞ。体に巻くタオル。その隙に私も着替えちゃうねぇ」

「えっ……!?」

驚きの発言、パート2。

「シャム猫さんも、一緒に入るんですか……？」

「もちろん。私が背中、流すからね～」

ニコニコと微笑むシャム猫さん。どうやらこの温泉、混浴らしい。

でも俺には刺激が強すぎる……！

「あ、あの……お風呂は、さすがに一人でいいです。背中も自分で洗うので」

お世話されてばかりも悪いから……と、羞恥心から彼女を遠ざけようとする。しかしシャム猫さんには通じない。

「ダ～メ！　お風呂の中で倒れちゃったら大変でしょ？　だから私がつきそいま～す」

「うぐっ……！」

やはりそれを言われると弱い。俺は黙って彼女の混浴を受け入れる。

「でも、遠慮させてばっかりも悪いよね～……。じゃあ、優斗君も手伝って？　私がこの着物を脱ぐの」

「えっ……!?」

「な～んてね。ふふっ。優斗君は可愛いねぇ～」

ムニムニと頬つつかれる。

からかわれたのか……。取り乱しすぎて、すごく恥ずい。

「えっと……とりあえず、着替えちゃいましょう。それぞれで……」

「うん、そだねぇ～。それぞれで♪」

ニヤニヤするシャム猫さんに背を向けた。そして俺は下着を脱いでタオルを巻く。

一方シャム猫さんも、鼻歌をうたいつつ着替えを始めた。

「ふんふ～ん♪　ふふふんふ～ん♪」

彼女らしい、のんびりした鼻歌。それに混じって、しゅるしゅると服を脱ぐ音が聞こえてくる。

間近に聞こえる衣擦(きぬず)れに、嫌でも彼女を意識してしまう。

同じ空間のすぐ近くで、女性が服を脱いでいる。その事実は、健全な高校生である俺にとって心を揺さぶる非常事態だ。

どれくらいの非常事態かというと、無意識で後ろのシャム猫さんを振り返りそうになるほどの――

「優斗君。後ろ、向いちゃダメだよ～?」

「っ!?　む、向いてませんよ！」

「ホントかな～?　ふふっ。必死になって、可愛いにゃん♪」

偶然か、それとも察したのか。彼女の注意に、我に返る俺。

こんなことで心を乱してはいけない。俺は頬を叩いて気を引き締めた。

「ふんふ～ん♪　ふふふ～ん♪」

鼻歌に混じった衣擦れが止み、シャム猫さんもタオルを巻き終わる。

そして俺の前に立った。

「お待たせ～、優斗君。今日はしっかり、疲れと汚れを落とそうね～。私がい～っぱぁい、おもてなししてあげるから！　ね？」

※

二人でタオルを巻いた後。俺たちは脱衣所を出て、露天風呂へ。

シャワーの前に置かれている木製の椅子に腰かけた。

「さて、と。ちょっと待っててね～」

かけ流しの湯口から、桶にお湯を汲むシャム猫さん。そして湯の具合を確かめる。

「ん～……よし。ちょうどいい温度だね～。えいっ！」

「わっ⁉」

湯の温度を確かめたシャム猫さんが、桶のお湯を背中にかけてきた。

「ふふっ、びっくりしたっっ？」

「は、はい……。いきなりどうしたんですか？」

「もちろん、かけ湯だよ～。温泉に入る前のマナーだにゃん♪」

シャム猫さんが悪戯な笑みで言う。彼女は、もう一度湯桶にお湯を汲んだ。

「それじゃあ今度は、頭からねぇ～。ばしゃー」

「わぷっ」

お湯をかけられて、顔が下を向く。

「ふふっ。それじゃあ、洗っていくね？　シャム猫ちゃんのとっても気持ちいいご奉仕、開始～」

彼女はまず、備え付けられていた容器からシャンプーをシュコシュコと手に出した。

「このシャンプー……なんか、シュワシュワって音がしますね」

「あ、気づいた？　さすがだにゃあ～。猫鳴館のシャンプーは、特製の炭酸入りなのです」

「炭酸入り？　すごいですね。そんなの初めてです」

「猫鳴館の露天風呂はね？　お湯もシャンプーも炭酸入りなの。マタタビの湯の裏庭に小さな源泉があって、そこからお湯を引いてるんだって」

「へぇ～……」

　言われてみれば、炭酸のシュワシュワした音が背後の温泉から聞こえてくる。なんとも耳に心地いい音だ。

「炭酸ってことは……飲めるんですか？」

「ん～？　優斗君、飲んでみる？」

　目を光らせ、ニヤッと笑うシャム猫さん。

「あ、いや……遠慮しときます」

「ふふっ。一応飲めるみたいだけど、美味しくはないよ？　それに炭酸なら、私はビールの方が好きかにゃぁ」

　ビールが飲めるということは、シャム猫さんは大人なんだろうか。

　確かに彼女は、その言動も雰囲気も、落ち着いていて大人びている。出るところは出ている体つきも、すっかり成熟しきっている様子だ。

　見る限り、シャム猫さんは二十代前半の女性といった感じだった。

「そういえば、猫鳴館ビール試した？　猫鳴館サイダーも」

「猫鳴館サイダー？」

「あっ。来たばかりだから知らないよね？　どっちも猫鳴館の名物なの。マタタビ成分入りのやつ、お風呂を出たあとに冷たいのをきゅっ～と飲むとサイッコーなの。ふふっ」

ビールの味を思い出しているのか、可愛らしく頰を緩めるシャム猫さん。

「あれ、ほんとに美味しいよねぇ。あ、でも、君はお子様だから、ビールはまだ飲めないんだっけ？」

「そうですね。俺はまだ、十七歳なので」

「そっかぁ～。残念～」

シャム猫さんが俺の耳元に寄る。

「じゃ、私とイ・イ・コ・ト・できにゃいにゃん？」

「……！」

囁き(ささや)に、ゾクッと体が震える。それに、胸がドキドキとうるさく跳ねた。

「んふふっ……♪　じゃあ、まずは髪から洗っていくね～？」

してやったりといった様子で、俺の頭を洗い始める彼女。昨日ここに来たばかりなのに、なんだかもう手玉に取られてしまっている気がする。

い、いや……。気にしちゃだめだ。こういうのは気にしたら余計にからかわれる。

俺はこれ以上動揺を見せないように、目を閉じ無心を装(よそお)った。だがそうすると、洗ってもらっている頭の感覚が研ぎ澄まされる。

指を立て、強すぎず弱すぎない絶妙な力で俺の頭を洗う彼女。頭全体に心地よい感覚が走っていき、ワシャワシャと泡が立っていく。

それに炭酸シャンプーだからだろうか、小さな泡が耳元で『ぱちぱち』『しゅわ～』と鳴る感覚。これも聞いていて快感だった。

「この炭酸シャンプーならではの音……癖になっちゃいそうだよねぇ?」

「たしかに、気持ちいいです。ちょっとくすぐったい感じで」

「そうだよねぇ。わしゃわしゃわしゃ～」

シャム猫さんが改めて頭全体を揉み洗いする。そして、最後にシャワーで流してくれた。ぱちぱちと耳元で音を立てながら、炭酸シャンプーが流されていく。

「それじゃあ、次は背中ね～」

「はい。ありがとうございます」

彼女が今度はボディーソープをスポンジに出す。それも炭酸入りなのか、スポンジを擦るとボディーソープがシュワシュワと泡立つ。

「じゃあ、行くよぉ～。ごしごし、ごしごし～♪」

スポンジが背中に擦りつけられる。その力は少し強めだった。

「優斗君、大丈夫？　痛くないかにゃ～？」

「はい、大丈夫です。これくらい強い方がいいですから」

「よかったぁ～。やっぱり男の子は頑丈だね～」

ごしごし、ごしごし。そう言いながら、リズムよく背中全体を洗ってくれる。少し力を入れながらも、どこか優しさを感じる加減で。

このシチュエーションは、結構照れる。でもそれ以上にリラックスできた。彼女の体の洗い方は、それほど心地が良いものだった。

そして背中を洗い終わると、シャム猫さんが泡を洗い流してくれた。さらに、頭を撫でてくる。

「はい。お背中おしまぁい♪　綺麗になって偉いねぇ。よしよし」

「ど、どうも……」

ちょっとしたことでも褒めてくれるシャム猫さん。嬉しいが、これこそ恥ずかしい。その内『生きてて偉い』とか言われそうだ。

「さて、それじゃあ……後は前も洗っていくね」

「え？」

シャム猫さんが俺の前に来る。そして、スッとしゃがみ込んだ。

「ちょっ、ちょっと待って！　前は自分で洗えますから！」

「遠慮しないの～。お互いにタオル巻いてるし大丈夫。じゃあ、ちょっと失礼するね～」

　俺の右腕を持ち、泡立てたシャンプーを擦りつけてくるシャム猫さん。

　しかし、あまり大丈夫ではない。いくらタオルを巻いてると言っても、シャム猫さんの胸はふくよかだ。そのせいで体に巻いているタオルを押し上げ、俺の目の前でハッキリと、その存在感を主張していた。

「ごしごし、ごしごし～……。優斗君、意外とお肌綺麗だね～。なんだか、ちょっと女の子みたい♪」

「……！」

　シャム猫さんが動くたびに、ほんのわずかだが胸が揺れる。

　自分のために一生懸命おもてなしをしてくれている彼女を、不純な目で見るなんて許されない。しかし、どうしても視線は彼女の胸元にいってしまう。

　こうなったら、もう……目を閉じるしかない。

「あれ？　優斗君、どうして目を瞑（つぶ）っているの？」

「いえ、大丈夫です……。気にしないでください」

「そう？　ならいいけど。ごしごし、ごしごし～」

幸い俺の葛藤には気づかず、体を洗い続けるシャム猫さん。

俺はそのまま目を閉じて、彼女の作業が終わるのを待つ。そして両手や両足を洗ってもらった。

「は～い、おしまぁ～い。あとは泡を流しちゃお～」

シャワーを使い、全身を洗い流してくれる彼女。

「ばしゃー……。うん、とっても綺麗になったねぇ～。よしよし」

「あ、ありがとうございます……」

再び頭をなでなでされる。なんだかやっぱり、恥ずかしさが込みあがってくる。これは、絶対後で思い出して悶(もだ)えるやつだ……。

「最後に、細かい部分は自分で洗ってもらってもいいかにゃ？」

「も、もちろんです。わかりました」

俺は彼女からスポンジを受け取り、残った場所を洗い始める。

「それじゃあ私も体洗うね？　そしたら～、お風呂入ろっか？」

※

俺が体を清め終わった後。

シャム猫さんも自分で体を洗い、俺たちは二人で露天風呂に浸かった。

「ふ〜っ、気持ちいいね〜？　優斗君」

「はい……。熱すぎず、ぬるすぎず、ちょうどいいです。この泡も、気持ちがいいです し」

炭酸泉ならではなのだろう。俺の体には小さな気泡がまとわりついていた。炭酸が体に効いている気がして、疲れがお湯に溶けていくようだ。

「それに、景色もいいですね」

「ふふっ、だよね〜。マタタビの湯、絶景でしょ〜？」

露天風呂を取り囲むように生えている、竹林や紅葉の美しさ。改めて見ると、絶景だった。竹の緑と紅葉の赤が綺麗なコントラストになっており、より心を癒やしてくれる。

それにあたりが暗くなるにつれて、空には星も輝きだした。山に近いためもあってか、夜には天体観測も楽しめそうだ。

「えへへ。こうしていると、二人でお泊まりしに来たみたいだね？」

「そ、そうですかね……。相手が俺で、すみません」

「もう。なんで謝るのぉ？　私は、優斗君と一緒で嬉しいんだけどな〜？」

これもおもてなしの一環なのか、シャム猫さんが俺に体を寄せてきた。

気持ちは嬉しいが、やっぱり照れる。俺はすぐに話題を逸らした。

「そういえば、マタタビは大丈夫ですか？　長時間入っていると酔うんじゃ」

「そだよ～。私はまだ大丈夫だけど。弱い子はすぐに顔が赤くなっちゃうんだよねぇ」

シャム猫さんが酔うとどうなるのか、正直ちょっと気になった。

「それと、炭酸泉は弱酸性で美容によくて、肌荒れ予防にも効くんだよ？　だから猫娘たちは皆お肌がスベスベなの」

「へぇ。そんな効果があるんですか」

「あっ。よかったら、触ってみる？」

シャム猫さんが自分の腕を差し出した。

「え、いや……えっと……」

「照れなくても大丈夫だよ？　温泉の効能、確かめて欲しいだけだにゃん♪」

なるほど……、それなら照れる必要はない……のか？

でも、せっかく彼女からそう言っているのだ。これを断ると、俺が彼女に触れたくないみたいになってしまう。

「そ、それじゃあ……失礼します」

遠慮がちに彼女の白い肌に触れる。すると彼女が言った通り、その肌は艶々のスベスベだった。それだけでなく、別に太ってるわけではないのに、もっちりとして張りがある。まさしく男性が理想とするような、魅力的な柔肌だった。

「す、すごいですね……！　綺麗で、すごくスベスベです」

「あは。ホントにぃ～？　嬉しいにゃん♪」

シャム猫さんが、可愛らしくニマッと笑う。

「でもこの温泉に入ったからには、優斗君もお肌スベスベだね～。もしかしたら、もうツヤツヤになってるかも♪」

「いや、さすがにそんな即効性はないでしょう」

「そ？　分かんないよ。試しに、ちょっとつついてみてもいい？」

「あ、はい。別にいいですけど」

「えへへ。それじゃあ、失礼しまぁ～す」

人差し指で俺をつつく彼女。

「あっ……。優斗君の腕、スベスベしてる……。やっぱりもう、効果でてるかも♪」

「そ、そうですか？」

「うん。それに、二の腕プニプニしてて気持ちぃねぇ」

シャム猫さんが、俺の二の腕をぐにぐにとつまむ。そこまで鍛えているというわけでもないから、柔らかくて触り心地がいいらしい。

しかし、その触り方に少し問題があった。あまり撫でられると、こそばゆい。

「ちょっ、シャム猫さん……くっ、くすぐったいです……！」

「え～？　だいじょぶ、だいじょぶ。気のせいだよ～」

「ち、違いますって！　あははっ！　いったん離れてください！」

くすぐったさのあまり、俺はシャム猫さんを押しのける。その際、水面下から手を出したため、水しぶきが上がりシャム猫さんの顔にかかった。

「あ～。優斗君、やったにゃあ？　それっ！」

「わぷっ！」

今度はシャム猫さんが、俺の顔にお湯をかけてきた。

「えへへ～命中♪　優斗君には負けないよぉ～？」

「シャム猫さんめ……それなら、こっちも！」

「きゃっ！　あははっ、止めてよぉ～」

それから、お互いにバシャバシャとお湯を掛け合う流れになった。まるで子供がじゃれ合うように、温泉の中を動き回りながら笑ってお湯を掛け合う俺たち。

でも、少々はしゃぎすぎたようだ。

「あれ……きゃあっ⁉」

急に悲鳴を上げるシャム猫さん。見ると、彼女の巻いていたタオルが剝がれて、少し離れたところに浮いていた。お湯の掛け合いに夢中になって、タオルが取れたのに気付かなかったのだろう。

ということは、今の彼女は……。

「あっ……！」

俺は急いでシャム猫さんから目を逸らす。

一方シャム猫さんも慌てた様子で水しぶきを立て、自分のタオルを回収する。そして、再びそれを体に巻いた。

その後、俺の側（そば）に寄って聞いてくる。

「えっと……見た……？」

「い、いえ！　なにも見ていません！」

「ほんと……？　ほんとに、見てないかにゃあ……？」

「（コクコク！）」

俺は全力で首を縦に振る。俺の潔白が伝わるように。

「そ、そう……？　じゃあ、いいけど……うぅぅ〜……」

顔を紅葉より赤く染めるシャム猫さん。大人な彼女も、アクシデントには弱いようだ。

若干涙目になりながら、胸にタオルをギュッと押し付ける。そしてしばらく俺と目を合わせず、キョロキョロと落ち着きなく辺りを見回す。

その後、照れたような笑い顔を向けた。

「え、えへへ……なんか、ちょっと酔ってきちゃったかも……」

「そ、そうですね……！　結構入ってますからね……」

「そ、そろそろ出よっか？　その方がいいよね？　のぼせちゃうといけないもんね！」

赤くなった顔を隠すかのように、シャム猫さんが湯船の外に出た。そして顔をパタパタと手で仰ぎながら、脱衣所の方へ向かって行く。

しかし、その顔の赤さが本当に酔いのせいなのか、俺に知るすべはないのだった。

※

二人で温泉に浸かった、しばらく後。

俺が部屋に戻ってくつろいでいると、シャム猫さんが食事を持って来てくれた。

「優斗君～♪　お食事の用意ができましたぁ～」

「おぉ……！」

食事の内容は、老舗旅館らしく非常に豪華な内容だ。

マグロや白身魚の盛り合わせに、鯛のお造り。蛤のお吸い物に、牛肉のステーキ。そして松茸の炊き込みご飯。なんというか、恐縮するほどのメニューである。

この料理も、シャム猫さんが言うおもてなしの一環なのだろう。しかし、これだけの料理に、素晴らしい部屋。普通に泊まったら、一泊につきいくらするのか。

「いいんですか……!?　こんな豪勢な料理」

「もちろん♪　あ、それと～……じゃ～ん♪　とっておきの、猫鳴館サイダ～」

あれはたしか……さっきシャム猫さんが言っていた、猫鳴館名物のサイダーか？

「これ、本当に美味しいんだよ～？　試してほしくて、持ってきたんだ～」

シャム猫さんが栓抜きでサイダーのふたを開けた。プシュっと音がして、白い煙がふわっと立つ。そして氷を入れたグラスに、サイダーを注いで差し出してくれた。

「はい、どうぞ～」

「あ、ありがとうございます」

見た目は普通のサイダーだ。どんな味がするのか少し怖いが、思い切って口をつけてみる。すると……。

「あっ……おいしい」

「ふふっ。でしょ～？」

思った以上に、いい味だ。普通のサイダーよりも爽快感があって心地よい。その上、ほのかに甘い香りもしていて、なんだか心が落ち着いた。

「マタタビは、人の体にも優しいんだよ？　昔疲れた旅人がマタタビの身を食べて、また元気に旅を続けたことから、マタタビって名前がついたんだって」

「へぇ……そうだったんですか」

「そしてその旅人が泊まったのが、この猫鳴館だったのです～」

「え？　本当ですか？」

「ん～？　どうだろうね～？　ふふっ……優斗君、簡単に信じちゃって可愛い～♪」

ニヤニヤと俺を見るシャム猫さん。どうやら、またからかわれたようだ。マタタビの語源も、ただの洒落（しゃれ）っぽい。

でも、疲労回復の効果があるのは本当のようだ。さっきのマタタビの湯もそうだが、この甘い香りを嗅ぐと、なんだかリラックスできる気がする。

それに、サイダーとしての味も美味しい。気づけば二杯目に突入していた。

「美味しいのは、サイダーだけじゃないよぉ～。はい、優斗君。あ～んして？」

シャム猫さんがマグロの刺身を摘んだ箸を差し出してきた。

「え？」

「えへへ……私が食べさせてあげゆね？　あ～ん……」

「いや、その……さすがに、自分で食べられますよ？」

「あ～ん♪」

笑顔のまま、箸を差し出し続けるシャム猫さん。やらないと許してくれないらしい。

少し恥ずかしいが……俺は口を開けて、刺身をいただく。

「あ～ん……」

「はいっ。よくできました～」

えらいえらいと褒めてくれるシャム猫さん。マグロはきっと中トロだろう。旨味が口の中に広がって、同時にとけて消えていく。

「じゃあ、次は～。美味しいお肉で～す。やぁらかい牛肉を、秘伝のタレで召しあがれ？」

「は、はい……あ～ん……」

次はカットしたステーキが口に運ばれる。こちらもやはり絶品だった。濃厚なタレの味と、食べ応えのある牛肉のコラボ。いくらでも食べれてしまいそうだ。

これだけ豪華な食事を楽しめる上に、可愛い女性に「あ〜ん」までしてもらえるサービス。世界中のどこを探しても、ここしかないのではないだろうか？

しかし、俺だけ食べてるのは申し訳ないな。

「えっと……シャム猫さんも、食べますか？」

「え？　私はいいよぉ〜。優斗君のために用意したんだもん」

「でも、一人じゃこんなに食べ切れませんし」

一人での食事に気が引けるというのもあるが、食べきれないのも本当だ。これだけ立派な料理だと、残したらバチが当たりそうだし。

「そう……？　それじゃあ、お言葉に甘えちゃおうかにゃあ♪」

立ち上がるシャム猫さん。そして彼女は冷蔵庫から、ビール瓶を取り出した。

「じゃ〜ん♪　これがさっき言った、猫鳴館ビ〜ル〜。実は、後で飲もうと思って冷蔵庫で冷やしてたんだよね〜」

「いつの間に……」

「優斗君、乾杯しよ？　あ、優斗君はサイダーね？」

彼女がビールを注いだグラスを掲げる。俺もサイダーのグラスを持って、彼女のそれにコツンとぶつけた。

「かんぱ～いっ♪　ごくごくごく……」

喉を鳴らし、ビールを流し込むシャム猫さん。一気にコップの半分を飲み干す。

「っぷはぁー！　んー、サイッコ～。一日の終わりは、これだよねぇ～……！」

本当に幸せそうなシャム猫さん。なんだか俺の表情も緩む。

「えへへ……優斗君も、サイダー飲んでね？　それにビールが飲めない分、たくさん美味しい物食べないと。あ～ん♪」

「あ、あーん……」

まだ照れくさいが、好意に甘えて鯛のお造りを食べさせてもらう。それ以降も、刺身やお肉、松茸ご飯を彼女の「あ～ん」でいただいていく。さらに俺に食事を食べさせながらも、合間にチビチビと猫鳴館ビールを飲むシャム猫さん。

そうして俺たちは食事を楽しむ。すると、次第に彼女の様子が変わった。

「ふふっ……あはは……♪　優斗君、いっぱい食べて可愛いにゃんっ♪」

少し酔ったのか、なんだかこれまで以上にベタベタと絡んでくるシャム猫さん。俺の腕に抱き着き、肩に頰を擦りつけてくる。

「ん～ごろにゃん……♪　優斗くぅん……甘やかせるの、楽しいにゃあ……♪」

なるほど……彼女は酔うとこうなるのか。

「えっと……大丈夫ですか？　シャム猫さん。もしアレなら、もう寝ます？」

こんな状態では、すぐ寝かしたほうがいいだろう。

「ん～？　優斗君。もう眠いの……？」

「いや、俺じゃなくて……シャム猫さんが」

「それならぁ～。今日も私が、寝かしつけてあげゆね？」

ダメだ、話が通じない。やっぱりかなり酔ってるな。

しかもシャム猫さんはまだ、俺を甘やかせる気満々のようだ。

彼女は一度俺から離れて、座布団に正座。そして、自身の膝をポンポンと叩いた。

「今日は……えへへ。膝枕、すゆ？」

※

「あの……さすがにこれは、恥ずかしいんですが……」

「いいのいいの～。恥ずかしいのは、最初だけだから♪」

夕食後。彼女の誘いを断り切れず、俺は膝枕されていた。

「これでも私、膝枕には自信あるんだよ？　私のお膝に魅了されて、もう立ち上がれないダメダメさんになっちゃえ～♪」

「それは余計に困るんですけど……」

 っていうか、膝枕に自信があるってなんだ？

「でも実際、私の膝枕気持ちよくない？　寝心地はどう？」

「あ、それは……柔らかくて、すごく気持ちいい……です」

「やぁらかい？　ふへ。そっかぁ……それ、太ってるって意味じゃないよね？」

「あ、ちがっ！　そういうことではなくて……！」

「えへへ～。いいよぉ。分かってるからね♪」

クスクスと楽しそうに笑うシャム猫さん。

ちなみに俺は仰向けだが、シャム猫さんの大きな胸が俺の目の前に突き出ているため、彼女の顔が若干見づらい。その胸の大きさは、包容力を表しているかのようだった。

「…………」

「どうしたの？　黙っちゃって」

「あ……！　い、いや……ナンデモナイデス」

胸に見とれていたとは言えず、俺は片言でごまかした。

「ふふっ。もしかして、緊張してゆ？　それなら、心配しなくていいよ？　優斗君はただ、このまま眠ればいいだけなの。だからリラックスして、今夜はいっぱいだらけようねぇ」

シャム猫さんは俺が落ち着けるように、優しく頭を撫でてきた。

「よしよし……いいこいいこ……えへへー。君は本当に、可愛い子だにゃあ……」

「……！」

なんだろう。ものすごく照れるぞ。

でも半面、少し安らぐ気持ちもした。なんというか、無償の愛を受けてるみたいで。

「よ～く眠れるように、今日は子守唄を歌ってあげようねぇ」

「子守歌……？」

「にゃんにゃんにゃ～。にゃ～、にゃ～、にゃにゃにゃ～。にゃにゃにゃんにゃ～♪」

シャム猫さんがその落ち着く声で、優しく歌う子守歌。

でもどうしよう。意味が分からない。

「にゃんにゃ～。にゃ～にゃにゃ～……あっ。歌詞間違えた」

どこミスったんだよ。判別つかんわ。

「あの……なぜに猫語なんですか？」

「歌詞が入ってこない方が、よく眠れるんじゃないかなぁ～って」

それはたしかにあるけども。何かしながら音楽聞くとき、歌詞が分からない洋楽の方が作業に集中できたりするし。

「それに噂だと、にゃんにゃん言いながら接客するお店もあるんだよね？」

「え？」

「店員さんが語尾に『○○にゃん！』ってつけてたり、可愛い猫耳をつけてたり」

「それあれですね。メイド喫茶です」

「猫娘として、負けられないよねぇ。私もご奉仕頑張るにゃん♪」

「いや、あれはまたベクトルが違うんじゃ……」

可愛さや楽しさを全面に押し出すメイド喫茶と、厳かな雰囲気の猫鳴館。どちらも猫娘が働いているし、非日常的な楽しさがあるが……参考にしていいのかは不明だ。

でも、猫のポーズを取りながら、「にゃん♪」っていうシャム猫さんは可愛い。

「あ、そだ……。君が眠りやすいよーに、お顔撫でてあげゆねぇ。君の可愛いほっぺ、なでなで……」

その可愛いシャム猫さんが、今度は俺の頬を撫でてきた。

「なーでなで……なーでなで……。ふふっ。優斗君、可愛いね？」

「あ、いや。可愛くないですよ」

「ううん、可愛いよぉ～？　ほっぺプニプニ……ふふっ。おもしろーい」

優しく頬を撫でながら、プニプニついてくる彼女。

くすぐったい。けど……なんか悪くない。

「せっかくお肌綺麗なんだから、ちゃんと規則正しく寝ないとね～。寝不足はお肌の敵なんだよ？」

「それを言ったら、シャム猫さんこそちゃんと寝ないと」

俺よりよっぽど、白くて綺麗な肌なんだから。

「たしかに、今日は睡眠時間短かったからにゃあ……。十三時間ぐらいだっけ？」

「逆に寝すぎですよ。猫ですか」

「猫だよ？」

「そうでした……」

猫の睡眠時間、恐るべし。

「でも～……えへへっ。多少寝不足でも、平気だよ？　優斗君にご奉仕できるしね？」

「……っ」

またシャム猫さんが、俺を優しく撫でてくれる。

膝枕の心地良さもあって、体の力が抜けていく。

「あっ。優斗君、気持ちよさそうなお顔してるね？」

「え……？」

「ふわぁ……そんなトロトロのお顔見てたら……私まで眠くなっひゃうよぉ……」

言われてみれば……自然と呼吸が安らいで、すっかり全身がリラックスしていた。

「このまま、ぐーっすり寝ちゃっていいからね～」

「は、はい……ふわぁ……」

シャム猫さんの落ち着いた声に、眠気が持ち上がってくる。

「りら～っくす……りらっくす……。ふふ……優斗君……おやすみなさぁい……」

聞こえたのは、そんな言葉が最後。

俺はすぐに意識を失う。そしてシャム猫さんの膝の上で眠った。

第三章　ミケ猫少女と館内散策

猫鳴館に来て、三日目の朝。

俺はシャム猫さんが運んでくれた朝食を食べながら考えていた。

「さて……今日はどうしようかな……」

昨日シャム猫さんに言われた通り、俺はしばらくゆっくり休むことにした。しかし、休むと言っても難しいものだ。一人で一日中部屋にいるだけでは間が持たないし。

ちなみにシャム猫さんは、何かやることがあるようで、今は俺の側(そば)にはいない。朝食を置いて少し話したら、すぐに部屋から出て行ってしまった。

まぁ、ずっと付きっきりでお世話してもらうのも申し訳ないし、それでいいんだけど。

一応「用事があったら、この鈴を鳴らしてね♪」と、呼び鈴を彼女から渡されているし。

猫の首輪につけるような小さな鈴だが、これを鳴らせば彼女が駆けつけてくれるらしい。

でも今は、ちょっとした用事でシャム猫さんに頼ってしまうことも多いからな。館内のどこに何があるかも分からないから、喉が渇いただけでシャム猫さんを呼んで飲み物を持って来てもらうことになったり。それはさすがに申し訳ない。

あまり俺から彼女に近づいて、迷惑になることは避けたいし。

「そうだ……館内の散策はするべきかもな」

いつまでここにいるかわからないが、長期滞在になる可能性もある。それならこの旅館のどこに何があるのか、知っておいた方がいいだろう。

ということで俺は朝食の後、館内を見て回ることにした。

※

「この旅館……思ったよりも広そうだな」

部屋から出て、客殿の長い廊下を歩く。客室の数は結構多そうだ。一階だけでも二十部屋以上はあるだろう。といっても、全てが俺の部屋くらい広いわけではなさそうだが。

でも、少し不思議だ。これだけ大きな旅館なのに、なぜ他のお客さんがいないんだ？

「やっぱり、俺の世界とは違う場所にある宿なのか？」

仮説だが、俺のように迷い込んだ人間だけが、たまに泊まるだけの場所かもしれない。

異世界情緒を感じつつ、適当に宿の廊下を歩く。すると客殿を抜けてロビーに出た。

「おぉ！」

ロビーは何度か素通りしているが、改めて見ると豪華だった。

猫鳴館では玄関を上がってすぐに、広大なロビーが客のことを出迎えてくれる。

このロビーは畳敷きになっており、体が沈み込むようなフカフカのソファーが複数設置されている。その上、部屋に置いてある物より大きな季節の生け花も飾られていた。この時季は紅葉やススキ、リンドウなどの秋の花材が生けられており、息をのむほど美しい。

大きなソファーに座りながら、芸術的な生け花を楽しめる、最高に贅沢な空間だ。

ロビーでもこれだけ心落ち着けられるのは、さすが老舗の旅館だった。

「いい場所だな、ここ……。趣があるって言うのかな……」

いい腰掛けを見ると座ってしまうのが人間だろう。俺はソファーに座って、体がずぶずぶと沈んでいく感触を楽しんだ。

「あぁ……！　この感触、癖になりそう」

まさに人をダメにするソファー。少しだけ、ここでくつろごう。そう決めて目の前に飾られた生け花に目をやる。

「きゃあぁぁぁっ！」

「っ⁉」

その瞬間、女の子の悲鳴が聞こえた。シャム猫さんとは違う、知らない女の人の声。

声の方を見ると、その先にあるのは『夜食処(どころ)』と銘打たれた部屋。夜、小腹を満たすための軽食が用意される場所のようだ。

何があったのか心配になり、俺はその部屋を確認する。

すると――

「うう……痛たたた……やっちゃいました……」

大量に床に散らばったお椀(わん)と、その中心でしりもちをつく少女がいた。

それは、花の模様が入った赤い着物を着た女の子。年は俺と同じ高校生くらいだろうか。

黒のサラサラなロングヘアーが綺麗な、おしとやかそうな雰囲気の少女だ。

そしてシャム猫さんと同じように、猫耳と尻尾が生えていた。

もしかして、別の猫娘か……？

「えっと……君、大丈夫……？」

見た目は同い年くらいだし、タメ語で話しかけてみる。すると彼女は、ビクッとこちらを振り向いた。

「えっ⁉　あっ！　お、お騒がせしてすみません！」

俺に気づくなり、頭を下げて謝る彼女。

「こ、これは、その……違うんです！　私、その、お椀を運んでて……お仕事の、ここの厨房の整理で。その前は、お庭の掃除をしていたんですけど……紅葉がいっぱいで、綺麗だった……です……」

「そ、そうなんだ……」

恥ずかしいところを見られてテンパっているのか、話の着地点を見失う彼女。

その姿は可愛らしいが、反面ちょっと可哀想だ。安心させようと優しく言う。

「えっと……そんなに慌てなくても良いよ？　とりあえず、片付けるの手伝うから」

「えっ⁉　いや、そんな……大丈夫です！　私一人で出来ますから！」

「でも、二人でやったほうが早いでしょ？」

「いや、その……お客様にこんなことをさせるわけには……」

「いいっていいって。俺、館内を見回ってただけで暇だから」

遠慮する彼女をよそに、俺はお椀を拾い始める。幸い木製のお椀はどれも傷物にはなっていなかった。ワタワタと慌てる彼女と二人でお椀を拾って、盆の上に重ねる。

「よしっ。これで全部かな？」

「は、はい！　ありがとうございますっ！」

深くお辞儀をする猫娘。

よく見ると、彼女の猫耳と尻尾はシャム猫さんとは違っていた。彼女のそれは茶色とシロ、そして黒が混じったミケ猫模様。それに、尻尾は可愛らしいかぎ尻尾だった。

「えっと……たしか、優斗さんですよね？　シャム猫さんがおもてなししている……」

「え？」

名前を当てられ、言葉に詰まる。

「なんで、俺のこと知ってるの？」

「あの、その……昨日、お会いしましたので。優斗さんが外で眠っていた時に……」

「あ」

思い出す。シャム猫さんは昨日、他の猫娘と二人で自分を運んだと言った。つまり、そのもう一人というのが……。

「あー……。昨日はごめん。俺のこと、運んでくれたんだよね？」

「い、いえ！　大丈夫です！　それに、今日は助けてもらいましたから。えへへ……」

愛想の良い笑顔を向けるミケ猫。

しかしやはり人と話すのに慣れていないのか、若干おどおどした雰囲気だった。

「あ、えっと……。申し遅れました。私は、ミケ猫と申します。シャム猫さんと同じ、ここで働く猫娘です。気軽にミケ猫って呼んでください」

「あ、うん。じゃあ、よろしく。ミケ猫」

改めて綺麗にお辞儀をする彼女。たどたどしくはあるが、いい子なのは伝わってきた。

「えっと……それじゃあ、俺はこれで」

軽く会釈し、ミケ猫の元を去ろうとする。

あまり俺が一緒にいても、彼女を困らせるだけだろう。できる限り、彼女たちの迷惑にはなりたくない。そう思って背を向けた。

「あ……待ってください！」

彼女が俺を呼び止めた。そして、目の前に回り込んでくる。

「あの……館内の散策をしているんですよね？　それなら、私に案内させてください！」

「え？」

綺麗なかぎ尻尾を揺らし、意気揚々と言う彼女。

「気を使わなくてもいいよ。ミケ猫は仕事中だろうし。邪魔しちゃうのも悪いから」

「でも、猫鳴館は結構広いんです。案内がいないと、迷子になってしまうかも……」

「えっ？　そんなに広いの？」

「はい。それなりに。それに詳しい人が一緒の方が、より散策も楽しめますよ？」

確かに、それは一理ある。ただでさえ俺はこの場所について、まだほとんど何も知らないわけだし。散策しながらこの宿について、色々話を聞けると嬉しい。

「それに私たちの一番のお仕事は、お客様をおもてなしすることですので。だからご一緒に、いかがですか？」

「…………」

少し考える。俺としては正直、女の子と深く関わるのは避けたい。あまり迷惑をかけたくないんだ。

シャム猫さんにはすでに色々頼っているから仕方がない部分もあるが、多くの女の子と関わるのは、できるだけ避けておきたかった。高校でもそんな生き方をしてたから。

でも、ここで働く猫娘の案内はやはり魅力的である。

「そういうことなら、少しお願いしようかな」

俺が頼むと、ミケ猫は嬉しそうに笑う。綺麗なかぎ尻尾もフリフリ動いた。

「はい！　ありがとうございます！」

※

猫鳴館には客室以外に、色々な施設があるらしい。

ミケ猫に案内を頼んだ俺は彼女と並んで廊下を歩き、それら施設がある場所へ向かう。

しかし……。

「……（チラッ、チラッ）」

ミケ猫がさっきからなぜか無言で、俺の顔をチラチラと見てくる。雰囲気的には、無言は気まずいから何か話したいが、どう声をかけていいかわからないといった様子である。

さっきのどもり方といい、彼女は喋るのが苦手なのかもしれない。

このままでは、俺としても申しわけない。なにか俺から口を開こうかと考える。

だがその時、ちょうどミケ猫が言った。

「ぇ、ぇと……今日は、その、い、いいお天気ですね‼」

なぜか、やたらと大きな声を出す。

「う、うん……そうだね」

「これだけいいお天気だと、洗濯物がよく乾きますよね！　それに、とっても気持ちがいいです！」

必要以上に明るい声で言うミケ猫。しかし、それも長続きしなかった。

それ以上言葉を続けられなかったようで、彼女はしゅん……と口を閉ざす。

「それだけです…なんかごめんなさい……」

やはり彼女、元々口下手な性格のようだ。本人には悪いが、見ていてちょっと面白い。

「私、その……お話しするのが少し苦手で……。お友達もあまり居ないですし……。仲の良い猫も、一匹二匹で……」

その猫というのはおそらく、他の猫娘のことだろう。

「か、会話ってどうやったら、良いんでしょうね……?」

本気で落ち込んだ様子のミケ猫。それに連動して耳と尻尾がうな垂れているのは、正直可愛らしかった。

しかし、彼女の悩みは真剣なものだ。俺も真面目に考えてみる。

「う～ん……難しい問題だなぁ。俺も別に口達者じゃないし」

特に、異性と話すのは慣れていない。普通の世界ではただのガリ勉ぼっちだったし。人に迷惑をかけるのが嫌だから、できるだけ他人を――特に女性は遠ざけていたし。

「でも、そんなに考えなくてもいいと思う。少なくとも、俺と話すときは」

「え?」

「話すのが苦手なら、俺から話を振るようにするし。それにミケ猫が話すときは、黙ってゆっくり待つようにするから。落ち着いて話してくれればいいよ」

実際、口下手でも時間を掛ければちゃんと話せる人は多い。きっと彼女もそのタイプだ。

そう言うとミケ猫は、頬を緩めた。

「ありがとうございます……優斗さん。そんなに優しい言葉をかけてくれたのは、優斗さんが初めてです……！」

「そんな大したこと言ってないって。それじゃあ早速、俺から話題を……あ、そうだ！ ここのこと、色々聞かせてくれないかな？」

「え？ 猫鳴館のことをですか？」

共通の話題と言えば、猫鳴館や他の猫娘のことしかないだろう。特にこの場所については色々気になることがある。

「そうですね……正直私も、あまり詳しくは知らないんですよ。気がつけば猫娘として生を受け、ここで働いていたというかたちですので」

ミケ猫いわく、彼女が知っているのは、この猫鳴館が歴史ある温泉宿ということと、普段はもっと色々なお客で賑わっているということくらいだ。特に新しい情報はない。

ただ彼女の話を聞く限り、猫鳴館はやはり俺がいた世界とは違う場所にあるらしかった。

無論、帰り方は彼女にも分からないらしいが。

「ごめんなさい……お役に立てなくて……」

「ううん全然。気にしないでくれ」

テストや受験のことを気にするのは、ひとまず止めることにしたんだ。焦って帰ろうとして、またストレスがたまるのは困るし。だからそんなに残念でもない。

突然こっちに来たように、その時になれば自然に帰ることになるだろう。

「それじゃあ……代わりに、シャム猫さんのことを聞かせてくれる？」

「あ……それなら色々お話しできます！」

やはり一緒に働いている猫娘のことは話しやすいらしい。言い淀むことなく、色々な話を聞かせてくれる。特にシャム猫さんの普段の勤務態度などについて。

「シャム猫さんって、可愛いんですよ？　結構マイペースなところがあって。前もお仕事の途中でいなくなって、コタツの中で寝ていたんです」

「あはは……なんか猫らしいエピソードだね」

「他にも、空いている客室で寝てしまっていることもあったりして……だらだらしているのは、割と日常茶飯事なんですよ。でもその姿がとっても幸せそうで、見ているとつい笑顔になってしまうんです」

デレデレとした顔で語るミケ猫。

「っていうか、サボり場を複数持ってるんだな……」

「はい。もしかしたら、今もどこかで寝てるかもしれません」

どうやら常習犯らしい。なんだか乾いた笑いが漏れる。

「でも、昨日はちょっと意外でした。ずっと優斗さんと一緒にいて」

「え？」

「シャム猫さん、昨日優斗さんと部屋に戻ってからは、ずっと一緒だったんですよね？

お風呂に入ったり、ご飯を食べたり。それから寝かしつけてもらったり」

「うん。色々おもてなしをしてもらってたけど」

「実はシャム猫さんがあんな風に付きっきりでお世話し続けることなんて、今までほとん
どなかったんですよ？　大抵、どこかで抜け出してお休みしてます」

「そうだったの……？　でも、どうして俺だけ？」

別に俺は、シャム猫さんに対してずっと一緒にいるように要求をした覚えはない。むし
ろ、おもてなしを遠慮していたくらいだったのに。

「さぁ……。私にも分かりません。でももしかしたら優斗さんが特別、シャム猫さんに好
かれているのかもしれませんね？」

そう言って、悪戯（いたずら）な笑みを浮かべるミケ猫。

その意味深な言い方に、俺の顔は赤くなる。

「ちなみに優斗さんとしては、シャム猫さんをどう思っていますか？」

「え……？　そうだな……マイペースで優しいお姉さん……って感じだけど」

「そうですか……。ちなみに、好きか嫌いかで言うと？」

なんだかワクワクした顔つきで、ミケ猫が俺に尋ねてくる。どうやら、コイバナ感覚で楽しんでるようだ。

「……ゴメン。それはノーコメントで……」

「え〜？　ダメですか？　教えてほしいです〜」

「そ、それより！　館内の案内を頼みたいかな。この先には、何があるの？」

「あ、そうでした！　失礼しました！　もう着くので、見てのお楽しみです！」

なんとか話をそらすことに成功。そしてちょうど、俺たちは第一の施設に着いた。

「ここは……!?」

「ここが猫鳴館のお土産屋処(どころ)、『ねこちぐら』です！」

猫鳴館一階のロビーから奥へ行った場所。そこに堂々と構えているのは、かなり広い売店だった。店頭から見るだけでも多くの棚が並んでいる。奥まで見渡せない程だ。

「ここでは猫鳴館の特産品やご当地商品を、数多く取り揃(そろ)えているんです。お土産を買うなら、こちらが一番オススメですよ！」

「なるほど。たしかに色々あるな」

ぱっと見ただけでも、お菓子やおつまみ、お酒やワイン、ちょっとしたおもちゃや文房具など、様々な商品が並んでいる。その上どれも、他では見たことのない商品だった。

「是非、実際に中をご覧ください！　もしよろしければ、この中でも特にオススメの品物をご紹介いたします」

「あ、うん。じゃあお願いしようかな」

これだけの量、全部じっくり見ていたらかなり時間が経ちそうだ。とりあえず、オススメだけ知りたい。

「では、まず猫鳴館の銘菓についてご紹介します！　こちらに付いて来てください」

ミケ猫に連れられて、店の中へと入っていく。そしてお店の中央部にある、色々なオススメ商品が並んだ試食コーナーに連れて行かれた。

そして試食可能な商品から、ミケ猫が一つ手に取った。

「猫鳴館に来られた方に一番オススメしているのは、こちらです！　猫鳴館特製の銘菓、温泉まんじゅう！」

「温泉まんじゅう？」

たしかに旅館のおみやげの定番と言えばまんじゅうだが、あまり目新しさはないな。

「えへへ。猫鳴館のおまんじゅうは、他のとはちょっと違いますよ？　さぁ、見てください！　この形を！」

ミケ猫がまんじゅうの実物を取り出す。それは、猫の形を模したまんじゅうだった。

「おぉ！　可愛い！」

「そうでしょう？　この猫、とっても可愛いんですよ～！」

この猫を模した温泉まんじゅう、かなりしっかりした造りをしている。顔が可愛く描かれており、猫耳がちょこんとついているのも心憎い。

「ちなみに、肉球形のもありますよ？」

「へぇ……！　プニプニな手触りだ……！」

肉球形のまんじゅうを手にすると、もちもちとした心地よい感触。実際の肉球の触り心地を再現しているのかもしれない。

「よかったら試食してみてください。可愛さだけでなく、味もちゃんと美味しいですから」

「いいの？　じゃあ、いただきます」

肉球形のまんじゅうを食べる。モチモチとした歯ごたえと、どっしりとした餡子の甘味。食べ応えがあって、非常に美味しい。

「いいなこれ……！　癖になりそうだ」

「ありがとうございます！　でもこれだけじゃないですよ？　猫鳴館のお菓子はその他も、猫ちゃん形で美味しいものがいっぱいなんです」

さらにミケ猫が、別のお菓子を見せてくる。

「こちらのバウムクーヘンやドーナツも、全て可愛い猫形になっております！」

「徹底してるな、猫鳴館」

お店に並んだお菓子をざっと見渡しても、やはりその多くが猫にちなんだ物だった。

「それと飲み物でもオススメがあって、猫鳴館サイダーやマタタビ茶が最高ですよ！」

「あっ。そのサイダーなら昨日飲んだよ。シャム猫さんが勧めてくれて」

「美味しいですよね！　猫鳴館サイダー。甘くて、爽快感があって！　それに私は、マタタビ茶も大好物なんですよ～。あの香りに、スッキリした後味……！　あまり飲みすぎると、酔ってしまって大変ですけど」

「へぇ。ミケ猫は、マタタビに弱いんだ」

「はい。他の子たちよりも、ちょっと弱いですね……。マタタビの湯に浸かっていても、すぐに酔ってのぼせてしまいますから」

どうやらアルコールのように、猫によって強い弱いがあるらしい。シャム猫さんの場合は、多少は強そうだったけど。

「あ！　酔うと言えば、お酒も色々ありますよ。例えばこちらは猫鳴館に代々伝わる、客人用の純米大吟醸の冷酒『招き猫』。それともう一つ、猫鳴館が誇るお酒『猫福（ねこふく）』。そしてそして～、みんな大好き、猫鳴館ビール！」

「お酒だけでも、結構種類があるんだね」

「はい。優斗さんは未成年だと聞いておりますが、ぜひ成人したらお試しください！」

「ありがとう。そうするよ」

別にお酒を飲むつもりはないが、ほんの少しだけ気になるかもな。昨日シャム猫さんも、すごくおいしそうに猫鳴館ビールを飲んでたし。

「それでは、次にオリジナルの猫グッズたちをご紹介しますね！」

それからも、ミケ猫による『ねこちぐら』での案内は続く。そして俺は楽しみながら彼女の話を聞かせてもらった。

※

『ねこちぐら』を出た後もミケ猫と共に猫鳴館の見どころを回る。

「こちらは、手湯浴みのコーナーです！」

「手湯浴み？」

「はい！　こちらで、この猫鳴館の『マタタビの湯』を、実際に感じていただけます！」

玄関先には、神社で参拝者が手や口を洗うための場所に似たものが設置されていた。要するに、温泉版の試飲コーナーということだろうか？　いや、温泉を飲んだりしないけど。

「もう優斗さんは温泉に入られていると思いますが、まだのお客様もここで猫鳴館の湯を体験していただけるというわけです。もしよければ、優斗さんもどうぞ」

「あ、うん。じゃあ……」

せっかくなので、お湯の中に手を入れてみる。すると、ちょうどよい湯加減で手首から先が温まった。炭酸泉ならではの泡も手につき、この湯の気持ち良さを再確認する。

秋になってから肌寒く感じることも多いため、余計にありがたい気持ちになった。

「ほわぁ……あったかい……」

ふと気が付くと、隣でミケ猫も手湯浴みをしていた。両手をお湯の中に突っ込んで、気持ちよさそうに表情を緩める。

「えへへ……マタタビの湯、気持ちいい……」

「やっぱり、猫娘にとってもいい物なんだね。温泉って」

「はっ！　す、すみません！　お客様の前でだらしない姿を……！」

慌ててミケ猫が手を引っ込める。

「ああ、いや。嫌みじゃなくて。普通の猫って、水とか風呂とか苦手だから。皆はそうじゃないんだなって」

昨日シャム猫さんと温泉に入った時も内心思っていたんだが、別に水が苦手なわけじゃなさそうだからな。

「そ、そうですね……私たちは皆、温泉が大好きです。つい、手を出してしまう程……」

恥ずかしそうに頬を染めるミケ猫。お客さんの前で気を緩めて照れているらしい。

「うぅ……私ってば、まだまだ未熟です……」

「そんな気にしなくて大丈夫だよ。ミケ猫は十分、立派に案内してくれてるし」

「そ、そうですか……？　だといいのですが……」

「自信持っていいって。でも、すごいな猫鳴館……。こんなサービスまであるなんて」

なんだか施設を回るにつれて、猫鳴館がいかに広いか、そしていかにサービスが行き届いているかが、実感として分かってくる。

今の手湯浴みのサービスも、あの売店の品ぞろえの良さも、ここに来たお客さんのことをすごく考えてくれている印象だ。

「えへへ。そう言っていただけると、私も従業員として嬉(うれ)しいです。でも、まだまだこんなものじゃないですよ？　私について来てください！」

宿を褒められ、気持ちが上向きになったらしいミケ猫。彼女は案内を続けてくれる。

ステージ付きの広い宴会場に、卓球台や将棋盤などが用意された遊び場。さらには抹茶を味わえる趣深い茶室など、猫鳴館の施設を教わりながら、館内中を回って歩く。

そしてあらかたの施設を回り切った頃には、俺はすっかりこの宿の虜になっていた。

「すごいな。雰囲気もいいし、歩いてるだけでワクワクする。こんないい宿、他に泊まったことないよ」

「それは良かったです。でもまだまだ、こんなものではないですよ？　外に出れば、猫鳴館自慢の日本庭園や、その中の足湯コーナーだってあります」

「日本庭園？　そんなのもあるのか」

それは結構気になるな。どんなものか見てみたい。

「でも、庭園はそこそこ広いので……今から見に行くと、疲れてしまうかもしれません。別日にすることをお勧めします」

「そうか……。少し残念だ」

庭園とか、そういう景色を楽しむものは好きなんだけどな。

「あっ。でも、庭園を座って眺められる、良いスポットもありますよ」

「本当か⁉」

「はい。よく猫娘たちが休憩しているスペースですので、誰かいるかもしれませんが……それでもよければ、ご案内します」

「俺は大丈夫。邪魔じゃなければ教えてくれるか？」

「もちろんです！　では、ついて来てください！」

※

ミケ猫に案内された場所。それは、暖かい日差しの当たる縁側だった。

縁側の先はすぐ日本庭園に面しており、そこに座れば休みながら庭園を観賞できる造りになっている。しかも季節柄、紅葉がヒラヒラ舞っており、なんとも鮮やかな光景だ。

「おぉ……！　この場所、最高だな……！」

最高の休憩場所&庭園観賞のスポット発見に、俺も少しテンションが上がる。

「そうなんですよ。それにここは日が入りますから。日向（ひなた）ぼっこにも最適なんです」

言われてみれば、確かに心地よい日差しが入ってきている。なんというか……いかにも猫が好みそうな場所だ。

「さぁ、ひとまずこちらに座ってください。座布団をご用意しましたから」

「あ。ありがとう。助かるよ」

ミケ猫の敷いてくれた座布団に座り、早速縁側を眺めてみる。

この縁側から見えるのは、背の低い、しかし鮮やかな色の葉を付けた木々たちだ。緑、黄、橙、赤。何とも色鮮やかで美しい。木の形も整っており、欠かさず手入れをしていることがうかがえる。そして庭の隅に鎮座している存在感のある巨大な岩が、その荘厳な雰囲気で、この庭の空気を引き締めていた。

「いい庭だな……。いつまでも見ていられそうだ」

「ありがとうございます！　でも、ここから見えるのは庭園のほんの一部なんです。もしよければ、また散策してみてくださいね？」

「うん。近い内に観に来てみるよ」

ここから見える景色だけでも、この庭園の美しさが分かる。全体を回るのも楽しみだ。

「でも、本当にいい場所だな……ここ」

こうして日向ぼっこをしながら、美しい庭園をただ眺める。こののんびりとした過ごし方が、最高の贅沢なんじゃないだろうか？

受験勉強で疲れ切った俺には、ここでのひと時が、本当に素晴らしいものに感じられた。

そして、そんな素晴らしい場所だからだろうか。

シャム猫さんもやってきた。

「あれっ。優斗君。それにミケちゃんも」

「えっ？　シャム猫さん……！」

俺も彼女も目を見開く。

「二人とも、どうしたの？　一緒にいるの珍しいね〜」

「私は優斗さんが館内の散策をしていたので、その案内をしていたんです」

「そうなんだ〜、ありがとぉ。優斗君は、どう？　楽しめた？」

「あ、はい。散策は楽しかったんですけど……」

今の俺には、それより気になることがあった。

「そんなことより……この大量の食糧は一体？」

シャム猫さんが両手いっぱいに、大量の食糧を抱えていたのだ。

彼女が持っているのは、どれも見覚えのある飲食物だ。『猫鳴館サイダー』に『マタタビ茶』、猫形の温泉饅頭など。よく見ると、全てさっき『ねこちぐら』で見た品物だった。

「シャム猫さん……まさか、おもてなしをサボって一人で大宴会をしようと……？」

「あはは、違うよ〜。人聞きの悪いこと言っちゃダメ〜」

　ミケ猫の問いに、シャム猫さんは笑って答える。

「これは全部、優斗君のために用意したんだよ？」

「俺のために？」

「うん。優斗君に、このとっておきの場所を教えてあげたいなって思って。それでおもてなしの準備してたんだけど、思ったより時間がかかっちゃってね～」

「なるほど……。じゃあ、コタツや客室で寝ていたわけじゃなかったんですね」

「もちろん。私は頑張り屋さんだからね～」

　えへん、と大きな胸を張るシャム猫さん。その「どやっ」とした顔がとても可愛い。

「でも、まさか私より先に来てるなんてね～。ここに案内するなんて、ミケちゃんもお目が高いにゃあ」

「あ、ありがとうございます！　そうだ、シャム猫さんの座布団もご用意しますね？」

「わ～い。それじゃあ、皆で一緒にだらだらしよっか？　ちょうどお昼前のこの時間は、一番日差しが当たって気持ちいよ～」

「えっ？　私もいいんですか？」

「もちろん。優斗君もいいよね？」

「うん。ミケ猫も休憩しなよ。色々案内してもらっちゃったし」

彼女だけこのまま仕事に戻すのはかわいそうだ。俺はミケ猫に手招きをする。

「は、はい……！　ありがとうございます！」

そして、俺たち三人は縁側でくつろぐ。俺を真ん中に、左側がシャム猫さん。右側がミケ猫といった配置である。

「えへへ……やっぱり、日光ポカポカで暖かいねぇ」

「そうですねぇ……。いつ来ても気持ちがいいですぅ……」

猫娘二人が、のほほんとした緩い顔で言う。

彼女たちにつられて、俺もますますのんびりとした気持ちになる。

すると、シャム猫さんが俺に手招きをした。

「それじゃあ、優斗君。こっちにおいで～」

「え……？」

意図が分からず首をかしげる。

するとミケ猫が、俺の服の裾をちょいちょいと引っ張る。

「えっと……シャム猫さんが、膝枕をしてくれるそうですよ？」

「膝枕……！」

微笑みながらポンポンと自身の膝を叩くシャム猫さん。どうやら、その通りのようだ。

「ふふっ。早くおいで～。優斗君♪」

そういえば、昨日の夜もしてもらったな。俺、そのまま寝ちゃったんだっけ。

「優斗君、昨日は私のお膝でとってもぐっすりさんだったもんね～？　またお気に入りのお膝に、どーぞ♪」

「あっ、ちょっ……！　それは言わないでください！」

他の女子の前で言われるのは、さすがに恥ずかしすぎるんですが……！

「そうなんですか……。シャム猫さん、ちょっと羨ましいです……」

一方ミケ猫は笑うことなく、むしろ物欲しそうな顔で俺を見る。

なんで？　俺を膝枕したいってことか？

「さぁさぁ、早く～。優斗君。縁側で寝転ぶの、すっごく気持ちいいんだよ？」

たしかにこの日差しの中、シャム猫さんの柔らかい膝で横になったら蕩けそうだ。

でも、ミケ猫もいる前で甘えるのは……。

「いいからいいから、照れてないでおいで～♪」

「わっ⁉」

シャム猫さんに腕を引っ張られる。結果、俺はバランスを失い、彼女の膝に倒れ込んだ。

「はい、いらっしゃ～い♪　いい子いい子～♪」

優しく俺の頭を撫でるシャム猫さん。恥ずかしいが、こうなるともう抜け出せない。

というか、やっぱり心地良い。シャム猫さんの膝の上は、どんな上質な枕も敵わないほど、優しく俺を受け入れてくれる。さらに、頭なでなでと縁側の陽気……。ミケ猫にだらしない姿を見られる羞恥心より、このままくつろぎたい欲求が勝つ。

「あははっ。優斗君、お顔ゆるゆるだ～？　うけるぅ♪　そんなに気持ちいいんだね～？」

シャム猫さんがプニプニと頬をつついてくる。

しかも、ミケ猫が顔を覗き込んできた。

「わぁ……。甘えてる優斗さん、可愛いです……」

「でしょ～？　よかったら、ミケちゃんも甘やかしてみぅ？」

「いいんですか？　それじゃあ、少しだけ……」

なでなで……と、少しぎこちない手つきで俺を撫でる。

君までそんなおもてなしを……!?

「えっと……優斗さん、気持ちいいですか……？」

「あ……うん……。えっと……ありがとう……」

「あ、赤くなってる……。えへへ……どういたしましてです♪」

ミケ猫が嬉しそうにはにかんだ。その可愛さに、胸がキュンとする。

「えへへ……君を甘やかすの、楽しいにゃぁ。たまには、働くのもいいもんだねぇ……たまには……。いつもはイヤだけど♪」

そう言いながら、シャム猫さんが持って来ていたお菓子を手にした。それもねこちぐらで見たお土産の一つ。猫の形をした一口大のドーナツだ。チョコで猫の顔が書かれていて、猫耳を生やした小型のドーナツ。

それをどうするのかと思ったら、俺の口元に持ってきた。

「優斗君。お菓子、食べさせてあげるね？　あ～ん」

「え？　あ、あ～ん……」

言われるがままに口を開ける。そして、シャム猫さんに食べさせられる。

「むぐっ……もぐもぐ……」

「どう？　おいし？」

「は、はい……。おいしいです……」

ホワイトチョコがコーティングされた一口サイズのドーナツは、甘みが強く食べ応えがある。非常にしっかりした出来だ。

「えへへ～。よかった。まだあるから、いっぱい食べてね？」

「あ！　シャム猫さん。私も食べさせてあげていいですか？」

「しょうがないにゃぁ～。はい、どーぞ♪」

シャム猫さんが、ミケ猫にドーナツを渡す。

「優斗さん！　では、私のもどうぞ！」

「え……？　なんでミケ猫まで……」

「遠慮せずに、食べてください！」

有無を言わさず、猫形ドーナツを口元に持ってくるミケ猫。

なぜそんなに俺を餌付けしたいのだろうか？　猫娘として、お客様をおもてなししたいということか？

「あ……あ～ん」

「はい、どーぞ♪」

ともかく、彼女にやめる気は無さそうだ。俺は羞恥心に耐え、口を開く。

ミケ猫からのドーナツを食べる。さっきよりも照れるが、やっぱりうまい。

「あぅ……もぐもぐ食べてる優斗さん……可愛い……！」

「だよね～♪　なんか、あったかぁい気持ちになるよぉ」

食べている俺を、猫娘二人が目を輝かせて見つめてくる。どういう状況なんだ、これ。

しかし……。居心地の良い縁側で可愛い女の子に挟まれて、膝枕やお菓子で甘やかされる……。どんな高級ホテルのサービスも、これにはきっと敵わないな。

そんな時間はまだ続く。俺はしばらくシャム猫さんの膝で横になり、二人からお菓子を与えられた。餌付けのように俺にお菓子を与えては、ほっこりした顔をする二人。

しかもシャム猫さんが持って来てくれた猫鳴館の名物は、そのどれもが絶品だった。お菓子はどれも食べ応えがあり、猫鳴館サイダーをお供に食すのはまさしく至福。

当然、美しい庭園の姿も、このひと時をより一層価値あるものにしてくれている。

なんだかこの空間だけ、時間がゆっくりになったようだ。

「のんびりした時間……しゃーわせだねぇ」

「はい～。ずっとこうしていたいですねぇ～……」

「俺も、動きたくなくなりました……」

油断していると、いつまでもここで過ごしてしまいそうである。現にもう、ここに来てからどれくらい経ったか、分からなくなってしまっている。

永遠に居続けられる心地よさが、この縁側にはある気がした。

「やっぱり、シャム猫さんたちは毎日ここで休むんですか？」

「うん。私たち、猫娘だからね～。縁側で横になるのは、もはや本能みたいなものだよ

～」

「特に、シャム猫さんはよくここで休んでいますよね。

「だってお気に入りなんだもん♪　それに私、暖かいところを探すの得意なの。よく日が当たる場所も、私にはぜ～んぶお見通しなのです」

　自慢げにシャム猫さんが言う。

「だから、優斗君にもまた教えてあげるね。とっておきのおサボりスポットを」

「しゃ、シャム猫さん。サボっちゃだめですよう！　他の子に怒られちゃいますよ？」

「え～？　でも、ずっと働いてたら疲れちゃうでしょ？」

「あぅ……それもそうですが……」

　真面目だがおどおどしたミケ猫に、おっとりマイペースなシャム猫さん。そんな二人のやり取りも、この猫鳴館（ねこめいかん）の魅力かもしれない。

「それに今はぁ～。ちゃぁんと優斗君のおもてなしをしてるもん。ね～？」

「あ、はい。そうですね」

　実際、彼女は俺に良くしてくれている。シャム猫さんのおもてなしで、受験勉強のストレスもかなり薄まっているのが分かる。

　前に彼女は『だらけたりするのは得意だから、癒やしに関してはエキスパートだ』と言っていたが、猫っぽいところがあるからこそ、心休まるおもてなしができるのかもしれない。

「でも……やっぱり猫娘って、猫っぽい本能があるんですね」

目ざとく暖かいところを見つけて寝るのも、よく猫がしている行動らしいし。

「そだよぉ～。例えばほら。あそこに猫じゃらし生えてるでしょ？　庭のお掃除するときは、ついついあれでじゃれちゃうんだよねぇ～」

「そうなんですか……。ちょっと意外です」

思った以上に、猫っぽいところがあるんだな。そういえば猫娘って、マタタビの湯で酔うんだっけ。そう考えると、やはり猫要素も強いのかも。

「ミケちゃんも、猫じゃらしには弱いんじゃないかにゃあ？」

「そうですね……でも、できるだけじゃれないように気を付けています」

「え～？　ホントに？　前、ヒモにじゃれついてたのを見た気がするけど～？」

「そ、それは昔の話で……！　今はその、多少は、大丈夫です……」

シャム猫さんの口ぶりからすると、猫じゃらしに反応するのも彼女たちの本能のようだ。

そこまで聞くと、少し気になってしまう。

俺はシャム猫さんの膝から起き上がり、庭から猫じゃらしを一本摘み取る。

そして――。

「ほ～ら。ちっちっち……ちっちっち……」

「え？　優斗さん？　にゃうっ……！」

ミケ猫に向けてねこじゃらしを振る。すると彼女は一瞬固まり、猫じゃらしに合わせて首を振り始めた。そして、ついには飛びついてくる。

「にゃっ、にゃうっ……！　体が勝手に……！」

「あははっ。ミケちゃん、我慢できてないねぇ。うけるぅ♪」

なんかこれ、ちょっと可愛（かわい）いな……。それに、思ったよりも面白い。本当に猫をじゃらしているみたいだ。

「ゆ、優斗さん！　やめてくださいぃ～！」

「いや、ごめん。もうちょっとだけ……」

涙目になりながら猫手を作って、じゃらしに可愛らしくパンチをする彼女。

その様子が可愛くて、俺はしばらく彼女をじゃらして遊んだ。

しかし散々遊んだ結果、途中で野生の本能を刺激しすぎてしまったようだ。彼女はしばらく猫じゃらしを追ってぴょんぴょんと縁側で跳ね回る。

そして本能が収まったころには、彼女はぜぇぜぇと肩で息をしていた。

「うぅ……ひどいですよぉ～、優斗さ～ん……」

「ごめん。つい夢中になっちゃって……」

どこか拗ねたような顔で俺を見るミケ猫。彼女に両手を合わせて謝る。

しかし、こちらも少し疲れてしまった。ずっと猫じゃらしを振るのも大変だ。

「二人とも、しばらく休みなよ～。はい、優斗君はまたこっちだよぉ」

シャム猫さんに言われて、また縁側でくつろぐことになる。

俺は再び彼女の膝枕を享受する。それからもしばらく、のんびりとした時間が流れた。

しかし、あまり長い間こうしているのも恥ずかしい。彼女の足にも負担がかかるし。

「えっと……ありがとうございます。そろそろ十分休めました」

しばらくした後。俺はそう言って立ち上がる。

「え？　もう？　まだまだ甘えてていいんだよ？」

「大丈夫です。とりあえず俺は、そろそろ部屋に戻りますね」

縁側は確かに心地よいが、そろそろ少し暑くなってきた。

「あ、それなら私も行くよ。今度はお部屋で甘やかしてあげるね～」

「では、良ければ私もお手伝いを――」

「あっ、いいですいいです！　二人は、ここで休んでてください！」

付いて来ようとする二人を制する。もう十分二人には甘えさせてもらった。

「でも、私は優斗君のおもてなしを……」

「とりあえず、今日は十分ですから。それに、たまには一人の時間も欲しいですし」

「そうですか……？　それなら、仕方ありませんが……」

少し残念そうにするシャム猫さんたち。しかしこうでも言わないと、彼女たちは休まずついてきてしまいそうだ。

「それじゃあ二人とも、ありがとう。またね」

あまり負担をかけないためにも、俺は一人でここから去る。名残惜しそうな顔をする、猫娘二人に見送られながら。

「……ところでミケちゃん。今日厨房のお掃除するって言ってたけど、もう終わったの？」

「はぅわっ⁉」

なんだか最後、とんでもない声が聞こえたが、俺はいそいそと自室に戻った。

第四章　猫と足湯と庭園と

つん……つん……。

「ふふっ……。よく寝てるねぇ……」

「ん……ふぁ……」

朝。頬に何かが触れる感触で目を覚ます。

見ると、シャム猫さんが枕元に座っていた。彼女が俺の頬をつついていたのだ。

「おはよう、優斗君。よく眠れた？」

「あ……はい……。おはようございます……」

どうやら朝食を運びながら、俺を起こしてくれたようだ。隣の部屋のテーブルを見ると、いつものお膳が置いてある。

「ご飯の用意、できてるからね。顔を洗って召し上がれ？」

「はい。ありがとうございます」

言われた通りに顔を洗い、リクライニングの座椅子に座る。

今日のメニューは鮭の塩焼きに筑前煮、赤だしの味噌汁に漬け物と、白いご飯という組み合わせ。旅館に似合う和定食だ。

「じゃあ、いただきます」

まずは筑前煮から口に運ぶ。鶏肉やごぼう、里芋やレンコン、ニンジン、こんにゃく、椎茸と、様々な具材が入った中から、最初に鶏肉を食べてみる。

「……うまい！」

パサつかず、柔らかく煮込まれている鶏肉。しょうゆとみりん、それとたくさんの野菜から出た旨味。それだけの味しかしないのに、煮物とは思えないほど美味しかった。

もともとあまり煮物は好きではなかったが、猫鳴館のものは本当に美味しく食べられる。ナスの漬け物も芯が白いままの浅漬けで、味も濃すぎず美味しかった。この食事のおかげで、和食がもっと好きになりそうだ。

「ねぇ、優斗君。今日は一日どうしよっか？　一日お部屋でだらだらする？　それとも、お外に出かけてみる？」

俺が食べる様子を隣で見ていたシャム猫さんが話しかけてきた。

「今日ですか？　う～ん……そうですね」

鮭を食べながら考える。昨日は一日室内にいたから、今日は外で体を動かしたい。

「私的には、お外の温泉街がオススメかなぁ。川辺の柳並木とか、綺麗なんだよ？　それに売店も色々あるから、楽しめると思うにゃあ」

「たしかにそれも魅力的ですが……今日はちょっと、昨日の庭園が見てみたいです」

昨日シャム猫さんたちと縁側でくつろいでいた時に、広い日本庭園が見えた。俺はそれが気になっていたのだ。

「あの庭園、かなりの広さがあるんですよね？　日本庭園なんてあんまり見たこと無いし、心も落ち着けられそうなので」

「そう？　じゃあ、私もお外に出る準備すゆね？」

「あ、いや。今日は一人で大丈夫ですよ」

シャム猫さんの提案を、遠慮しながらも断る俺。

「え……どうして？　私も一緒についてくよ？」

「だって、あまりシャム猫さんに面倒見てもらうのも悪いですから」

ミケ猫の話だとシャム猫さんは、普段あまり働かないマイペースな人――というより猫娘だ。でも彼女は飛び入りでやってきた俺のために、ここ数日ずっと一生懸命おもてなしをしてくれている。それに少し責任を感じていた。

あまり人に迷惑をかけるのは、俺としても本意じゃないし……。

「でも……庭園は足場の岩が湿ってる場所があるの。滑って転んだら大変だよ？　だから……」

「大丈夫ですって。転ばないように気を付けますから」

シャム猫さんは休んでてください、と彼女に優しく訴える。

しかし彼女は不服そうだった。

「むぅ……私は別にいいんだけどなぁ。優斗君と、ずっと一緒にいるの」

シャム猫さんは休みをもらって喜ぶのではなく、むしろ拗ねた顔をする。必要とされなかったことを、寂しく思っているような……。

「でも……もし私がお邪魔虫さんなら、大人しく一人で待ってるけど……どぉ？」

「うっ……」

悲しそうな、ウルウルした目を向けるシャム猫さん。まるで捨てられた子犬……いや、子猫のような弱々しい姿で、俺を上目遣いに見る。

「……わ、分かりました。じゃあ、お願いします……」

「（ぱぁぁ……！）」

途端に、彼女の顔が輝く。

「はぁ〜い。それじゃあ、準備してくるね？」

一気に明るい笑顔になって、一度部屋から出ていくシャム猫さん。

その後彼女は俺が朝食を食べ終える前に、すぐに部屋へと戻ってきた。

※

外に出て、猫鳴館所有の庭園へ入る。

そこには昨日縁側から見た以上の、素晴らしい景色が広がっていた。

「は～い♪　ここが猫鳴館自慢の庭園で～す」

視界に移るのは、大迫力の自然の風景。目の前には石畳で整備された道が延びており、
その左右に迫力のある大きな木々が立ち並んでいる。植えてある木には三種類あり、一つ目は緑の葉を付けたもの。二つ目は紅葉鮮やかな木々。そして最後は、金色のイチョウの木。それらがそよ風にさらされながら、美しい色合いの葉を揺らす。

道の端に無造作に置かれている、ゴツゴツとした巨大な岩々も、庭園に趣を与えていた。

入り口から見えるこの景色だけで、すでに圧倒されたほどである。

「すごい……思った以上に綺麗ですね」

「そうだよね～。私もこのお庭、好きなんだ～。時々お散歩するんだけど、空気が美味し

くて、気持ちいいの。それにとっても広いしね～」

　たしかに見た感じ、かなり大きな庭園らしい。昨日ミケ猫も広さがあると言っていたし、これは期待できそうだ。

「じゃあ、早速散策してもいいですか？」

「もちろん。じゃあ、はい」

　シャム猫さんが俺に手を差し出す。どういうことだ……？

　分からず彼女の顔を見ると――

「言ったでしょ？　湿った足場で転ばないように。私がお手て、繋いでてあげゆね？」

　どうやら、手を繋ぎながら一緒に回るつもりのようだ。

「えっと……本当にやるんですか？……」

　これまでも膝枕とか、色々おもてなしをしてもらったが……手を繋いで一緒にお散歩なんて、恋人感が強くて照れる。デートをしているみたいだし。

「あ……もしかして、私と手を繋ぐのは嫌かなぁ……？」

　さっきのように瞳をウルウルさせるシャム猫さん。ダメだ、この顔には弱い。

「わ、分かりました……。じゃあ、お願いします」

「やったぁ。それじゃ、行こっかぁ」

すぐ笑顔に戻り、俺の手をギュッと握るシャム猫さん。この人、もしかして今のは狙って泣き顔を見せたのか？

「えへへ……優斗君の手、大っきいねぇ。男らしくて、カッコいいかも♪」

そんな疑いも、彼女の笑顔と手をにぎにぎされる感触で忘れる。シャム猫さんが小さく華奢な手の平を動かし、俺の手を握ったり放したりして弄ぶ。お茶目な行動にキュンとする。

「どうしたの、優斗君。早く行こう？　一緒にお散歩、楽しいね～♪」

「は、はい……」

俺は照れを必死に隠しながら、シャム猫さんと歩き始める。石畳の道を、彼女とペースを合わせて進む。

女子と手を繋ぎ仲良く歩く。その慣れない感覚に戸惑いながらも、俺は周りの景色に目をやった。そよそよと風が吹き、金色のイチョウの葉がひらひらと輝きながら落ちてくる。

その美しい落ち葉で出来た絨毯は、まるで俺たちを歓迎してくれているようだ。都会の喧騒や疲れを忘れられる、綺麗で癒やされる光景だ。

ただ、女性と手を繋ぐ緊張が消えるわけではないが……。

「やっぱり、ここの風は気持ちいいねぇ」

「そ、そうですね……なんだか優しい感じです」

「きっと、緑に囲まれてるからだね。……優斗君？　顔赤いけど、大丈夫？」

「えっ⁉　あ、はい……大丈夫です……」

顔を覗（のぞ）き込んでくる彼女。俺は咄嗟（とっさ）に目を逸らした。

「あ、ひょっとして〜……照れちゃってる？」

「い、いや……！」

勘がいい。俺の反応で彼女は察した。

「ふふっ。優斗君、初心（うぶ）だねぇ。かわゆいねぇ。よしよし♪」

手を繋いだのとは反対の手で、シャム猫さんが俺を撫（な）でる。

くすぐったいが、優しい手つきだ。

「大丈夫だよぉ。これくらい、すぐに慣れるからね」

ぎゅっぎゅっと、握った左手を強く握り込んでくるシャム猫さん。

さらに彼女は、顔を俺の耳に近づける。

「それに……。私も、ちょっとドキドキしてるし……にゃん♪」

「えっ……⁉」

シャム猫さんの顔を見る。すると彼女は、ニッと悪戯（いたずら）な笑みを浮かべた。

「あ、そうそう！　こっちに大きい柳の木があるの。見に行こ？」

「え、ちょっと――うわっ！」

シャム猫さんが、俺を引っ張るように走り出す。照れ隠しなのか、何なのか。意味深な発言をした直後の走りに、俺も混乱しながら付いて行く。

そうして、しばらく走った後。彼女の言う通り、巨大な柳の木が現れた。立派な太い幹を持ち、枝が下に長く垂れさがる様は、大迫力で綺麗だった。涼しいそよ風に揺られて、気持ちよさそうに葉を揺らしている。

「どう？　どう？　すごいでしょ？　この柳の木、庭園でも一番立派なんだよ～？」

「へぇ……！　たしかに壮観ですね」

「ちなみに、この木の下で告白した人は絶対に相手と結ばれるとか……」

おおっ。そんなギャルゲみたいな設定があるのか。

「結ばれないとか」

どっちなんだい？

「あははっ。とにかく、これも庭園の大きな見どころだよ♪　優斗君も好きな人には、この木の下で告白してね？」

「いや……俺、好きな人とかいませんから」

「そう？　もしよかったら、私に告白してくれてもいいんだけどな～？」

「なっ……!?」

「あははっ♪　冗談、冗談♪」

シャム猫さん……なんだか、今日はやけにグイグイ来るな。

可愛い子に迫られているようで嬉しくはあるが、それよりドキドキの方が大きい。それに、あまり俺なんかに構ってもらうのも申し訳ない。気に入られても、迷惑をかけるだけだろうし。

「えっと……この先には、何があるんですか？」

話を変えようと、柳の木の先を指さして尋ねる。

「あっちはねぇ～、おっきな池があるの。鯉とかいっぱい泳いでるよ」

「いいですね。見てみたいです」

「じゃあ行こっか。でも、気を付けて。この先、ちょっと危ないから」

危ない……？　その言葉に、俺は疑問符を浮かべる。

しかし、意味はすぐに分かった。

シャム猫さんにしばらく付いて行くと、前方に小さな川が流れていたのだ。川幅三メートルほどの、対して大きくはない小川。水深もそこまであるわけではなさそう。しかし橋などはかかっておらず、通れそうな所と言えば、水面から突き出た岩場だけ。

「ここは、水面から出た岩を渡るしかないからね。滑り易くて、危ないんだよ？」

シャム猫さんが言っていた、『足場の岩が湿ってる場所』とは、おそらくここのことだろう。

でもこれくらいなら、問題なく渡ることが出来そうだ。足場も少ないわけではないし、川幅だって大したことない。

そう考えて渡ろうとするが……。

「ダーメ。慣れてる私が先導するから、優斗君は付いて来て？」

「でも……」

「こういうのは、経験者の言うことを聞くものだよ？　それに、お客様に怪我をさせるわけにはいかないもん。ね？」

たしかにそれも一理ある。俺が怪我をしてシャム猫さんのせいになったら、彼女に迷惑がかかってしまう。

「分かりました。それじゃあ、お願いします」

「はぁ～い。しっかり手を繋いでいてね？」

シャム猫さんが、繋いでいる手に力を籠める。そして、先に岩場を渡り始めた。

それに合わせて俺も動く。彼女の後を追い、一つずつ岩場を渡っていく。

「もし優斗君がバランスを崩しても、私がしっかり支えるから。安心して、ゆっくり渡るんだよ？」

「はい。ありがとうございます」

お礼を言って渡り始める。彼女の手を煩わせないよう、慎重に。

しかし、そんなに危険なことはなかった。確かに岩場は濡れていたが、大きく足を置きやすい形状だ。足場としては使いやすいため、滑る心配もなさそうだった。

現に、お互い危なげなく岩場を渡ることが出来ている。

「優斗君、歩くの上手だねぇ。すごいねぇ」

「あはは……ありがとうございます」

なんだか幼児を褒めるような言葉に、俺は思わず苦笑を漏らす。

しかし俺たちは着実に進み、すぐそこに向こう岸が見えてくる。

「最後の方が危ないから、油断せずに気を付けてね～」

「はい。俺は大丈夫です」

「そうやって油断すると危ないんだよ～？」

よほど心配してくれているのか、何度も繰り返し注意するシャム猫さん。チラチラと顔をこちらに向けて、俺が無事でいるか確認する。

しかし、それが良くなかったのだろう。

俺ばかり心配し続けたせいで、自分の足元への注意が散漫になってしまったらしい。最後の岩場に踏み込んだ瞬間、彼女が足を滑らせた。

「んにゃあっ⁉」

悲鳴を上げ、彼女の体が前に倒れる。このままでは顔から川の中へ飛び込んでしまう。溺れることはない深さだが、服が濡れたりしたら大変だ。

俺は慌てて、彼女の腕を自分の方へ引っ張った。そして、その体をギュッと抱きしめる。

幸いどちらも転ぶことなく、岩場に踏みとどまることができた。

「ふぅ……危ないところでしたね」

「ゆ、優斗君！　ごめんね？　大丈夫？」

「はい。俺は何とも。シャム猫さんこそ、どうですか？」

「うん……優斗君のおかげで、助かったから」

ふぅ……怪我とかは無いようで、安心する。

「本当にごめんね？　まさか、私が転んじゃうなんて」

「気にしないでください。それだけ俺のことを注意してくれてたんでしょう？　むしろ、迷惑かけてすみません」

俺に注意を払っていなければ、彼女が転ぶことはなかったはずだ。

「ありがとう……。もう、本当に優しいんだから」

「いや、別に優しいわけじゃ……。助けたのも、咄嗟に体が動いただけで」

「そうかなぁ？　あっ、ところでさ」

シャム猫さんが、一度言葉を切って言う。

「この体勢、ちょっと恥ずかしいかなぁ」

「えっ……!?」

よく考えたら、俺は今シャム猫さんと密着している。彼女を助けるためとはいえ、抱きしめるような形になった。彼女の胸が俺のお腹(なか)に押し付けられて、髪からふんわりと甘い香りが漂ってくる。

「ご、ごめんなさい！　すぐにどきます！」

「そんなに慌てなくてもいいよ？　なんならこのままギュッてしたげよっか〜？」

「しなくていいです！　ほんと、すみません！」

俺は彼女から離れるために、先に向こう岸へと移動した。

「ふぅ……びっくりしたぁ……」

シャム猫さんの呟き（つぶや）と顔が赤くなっていたことには、気付かなかったフリをして。

※

川を渡って少し歩くと、すぐにシャム猫さんの言っていた池に到達した。

池の割には、澄んだ色をしている水面。周囲に立っている紅葉やイチョウなどの木々を、鮮やかに映し出している。

「すごいですね！　予想よりもかなり広いです」

「うん。一周するのに、三分くらいはかかるかな」

庭園の池としてはかなり広いのではないだろうか。ワクワクし、水辺に近寄って水面を覗く。するとシャム猫さんが言っていた通り、巨大な鯉が何匹も優雅に泳いでいた。

「うわっ！　鯉も予想よりデカい！」
四、五十センチはありそうな鯉が何匹も泳いでいる様子は、想像以上に圧巻だった。
「よかったら、ご飯あげてみる？　パンくずなら持って来てるよ」

「いいんですか？　じゃあ……！」

せっかくだし、トライしてみることにする。シャム猫さんからパンくずを受け取り、それを鯉のいる方に投げてみる。

　すると――

「うわっ！　すごい寄ってきた！」

　直ちに鯉たちがパンくずに気が付き、バシャバシャと水しぶきを上げながら近寄ってくる。そして大きく口を開けながら、我先にとパンくずを食べだした。

「あははっ。なんか、大迫力で面白いな」

　巨大な鯉が十数匹も一か所に群がり、バシャバシャ暴れて餌を取り合う。それだけでもちょっとした非日常の光景だ。

　それにこう言っては何だが、パンくずを食べるために大口を開けて水面から出る鯉の顔が、少し間抜けで笑いを誘う。

「これ、楽しいですね。シャム猫さんもやりますか？」

　尋ねながら、シャム猫さんの方を見る俺。しかし彼女は答えない。

　その代わりに、彼女はじーっと鯉を見つめる。

「あれ……？」

「…………！」

　体をかがめ、なんだかキラキラと輝いた目で鯉をまっすぐ見る彼女。しかも、なんだか尻尾がフリフリと左右に揺れている。

なんだか、ちょっと様子がおかしい。そう訝しんだ次の瞬間。

「にゃんっ！　にゃっ‼」

シャム猫さんが鯉にちょっかいをかけ始めた。水面に顔を出して餌を食べる鯉を、指の先でペシペシペシと叩く。

これは……猫の本能、だろうか？　とても楽しそうな顔をして、鯉にちょっかいをかけている。一方鯉は外敵の存在に気が付き、一目散に逃げて行った。

「えっと……。あの～……シャム猫さん？」

「はうっ！」

呼びながらそっと肩に触れる。すると、彼女は正気に戻って俺を見た。

「えっと……大丈夫ですか？　シャム猫さん……」

「ゆ、優斗君……！　これは、違うの……！　その、えっとね……！」

汗をかき、目を泳がせながら、何か言おうとする彼女。

しかし何も出てこないようなので、代わりに俺が口を開いた。

「あ～……。シャム猫さんも、猫の本能が旺盛ですね……？」

「ううう～～！」

真っ赤になった顔を、両手で隠して俯く彼女。

昨日ミケ猫のことを笑っておいて、あんな姿を見せたのだ。その反応は当然だろう。

「もうヤダよぅ……恥ずかしい……」

「あはは……。気にしなくてもいいですから」

やっぱり多かれ少なかれ、猫っぽい習性を持ってるらしい。少しだけ、彼女たちに詳しくなれた気がした。

「あ〜……とりあえず、少し休みますか？　鯉たちもいなくなっちゃいましたし」

「ご、ごめんね……？　私が鯉で遊んだから……」

「ああ、いや！　責めてるわけじゃありません！」

しゅん、と落ち込んでしまうシャム猫さん。いつもの調子に戻るまで、しばらく落ち着かせた方がよさそうだ。

幸い、少し離れたところにベンチが置かれているのが見える。彼女の気持ちが上向くまで、あそこで休むことにしよう。

俺は彼女に提案し、二人でベンチの方へと向かう。

その途中、彼女が細い声で言う。

「優斗君……ミケちゃんには言わないでね……？」

「は、はい……！」

涙目での懇願にドキッとしながら、俺は彼女に誓うのだった。

※

「ふぅ……。やっと疲れも落ち着きましたね」

「うん。もういつでも歩けるねぇ」

池の側のベンチで休憩してから、十数分。ようやく庭園を歩いてきた疲れと、シャム猫さんの気持ちが落ち着いた。

それもこれも、この庭園の素晴らしさの賜物だ。特にこのベンチもいい場所に設置されていて、座った位置から綺麗な紅葉を見渡すことが出来るのだ。

優しく、時に強く吹く風が、鮮やかな紅葉の葉を揺らす。縁側に座ってぼーっとその様子を眺めてるだけで、いつまでも過ごせそうな気がする。

「優斗君。せっかくだし、これ飲まない？」

「あっ、猫鳴館サイダー！　持ってきたんですか？」

「うん！　二人でゆっくり飲もうと思って」

どうやら水筒に冷えたサイダーを入れてきてくれたようだ。シャム猫さんと分け合って飲む。そして爽やかな炭酸を楽しみながら、紅葉の絶景を目に焼き付ける。

この庭園には本当に色々な自然の楽しさがある。色鮮やかな木々に、巨大な池。立派な岩や石灯籠(どうろう)が作り出す、荘厳(そうごん)かつ風情(ふぜい)のある景色。都会にはない、見る人の心を和ましてくれる庭園だ。

「ここの魅力は、それだけじゃないよ？　この辺りには、高山植物もたくさん咲いてるの。あの綺麗な青い花がリンドウで～、赤紫の俯いている花がハッポウアザミ！　ハッポウアザミは葉っぱに棘(とげ)がついてるから、触るときは注意しなきゃダメだよ？」

「へぇ……見たことない花がいっぱいですね」

「それ以外にも、色々咲いてるよ。秋にしか見れない花も多いから。秋は紅葉狩りもあるし、この時期が一番庭園散策を楽しめるかもね～」

たしかに紅葉やイチョウの葉の色彩が、この庭園の魅力をさらに引き立てていると思う。良(い)い季節に来られて、ラッキーだった。

「でも、他の季節も綺麗なんだよぉ～。春は桜が、ばーっと咲いてて。来年はお花見しようねぇ」

「はい。それまで俺がいれば、ですけど……」

さすがに受験をすっぽかすわけにはいかないから、冬までにここを出る必要はあるが……帰る方法が不明な以上、春にも帰れるか分からない。もうそうなったら開き直って、ここでお花見を楽しもう。

「ふふっ……あははっ。楽しいね～？　優斗君」

唐突にシャム猫さんが笑いだす。

「君と二人でこうしていると、なんだかとっても落ち着くの。なんでかなぁ？」

「そうですか？　でも俺も、シャム猫さんが側にいると、安心します」

「ほんと～？　良かった。じゃあ、もっと側によってあげゆ♪」

シャム猫さんが、俺に体を寄せてくる。肩に彼女の顔が乗せられた。

「あ、あの……シャム猫さん？　さすがに近すぎじゃないですか？」

「そぉ？　でも、私と君の仲だもん。いいよねー？」

平和な笑顔で言うシャム猫さん。こんな安らいだ顔をされたら、拒絶することなんてできない。

「猫はたまーに、誰かに甘えたくなるんだよ？　普段は素っ気ない猫ちゃんも、なぜかすり寄ってくること、あるでしょ？」

「そう、なんですか？」

「そういうものなの。だから、今は私も甘えちゃいま～す」

すりすり、すりすり。猫のように、頬を肩に擦りつけてくる。

しかし……こんなの、はたから見たらイチャイチャしているようにしか見えないのではないだろうか？　今は二人きりでいるからいいけど、やっぱり意識はしてしまう。

シャム猫さんは、そのあたりは何も感じていないいんだろうか？

「んふふ……♪　こうしてると……なんだか、デートしてるみたいだね？」

「えっ……!?」

「えへへ……。二人の時間、楽しいね～？」

シャム猫さんも、やっぱり意識はしていたらしい。そして、分かっていながらそれを続ける。もしかして……彼女は俺に気があるのだろうか？　いや、こんな綺麗な人が会って数日の俺なんかに好意を持つはずが無いんだが……勘違いしてしまいそうになる。

それに、やっぱり何だか恥ずかしい。人に迫られることへの多少の抵抗感もあり、俺は若干身じろぎする。

と、そんな時。

「にゃ～。んにゃぁ～」

目の前の茂みから小さな猫が姿を現した。

「あっ。猫だぁ～」

すぐに気づき、茂みに駆け寄るシャム猫さん。

あっ……いざ離れられると、ちょっと寂しい。やっぱり猫って気まぐれなんだな……。

でも猫娘（ねこむすめ）の彼女も、普通の猫が好きなのか。

「わぁ～。見て見て、優斗君。子猫だよ～」

「ここって、猫も生息してるんですか？」

「うん。たくさん棲んでるよ。それにリスさんとか、小鳥さんとかもいるしね」

そういえば、さっきから小鳥の姿はよく見かける。辺りを飛び回り、木々で休んでいる小鳥たちの声が、ぴちゅぴちゅと響いて可愛（かわい）らしい。都会ではあまり見ない白い鳩（はと）が飛んでいるのも見たし、たしかに色々な小動物が平和に生息してるのだろう。

「猫ちゃ～ん、おいで～。こっちおいで～？」

シャム猫さんが、近くに生えていた猫じゃらしを手にして、少し離れたところから振る。

やはり猫同士、ツボを心得ているのであろう。子猫は警戒することなく、猫じゃらしに飛びついてきた。

「あははっ！　よしよ～し！　こいつめ、こいつめ～」

「にゃっ。うにゃっ」

楽しそうに猫じゃらしを振るシャム猫さんと、それを追いかけるグレーの子猫。何とも微笑ましい光景だ。

「あははっ！　優斗くん、この子すっごく元気だよ～！」

「にゃうん！　にゃううん！」

「そうですね。可愛いですね」

どちらかと言えば、無邪気に猫をじゃらしているシャム猫さんが可愛いが……それは心にしまっておく。

シャム猫さんは右に左に、上に下に、素早く猫じゃらしを振っていく。それに合わせてグレーの子猫も、小さな体で飛んだり跳ねたり。元気に可愛く動いていた。

「猫ちゃん、ほんと可愛いよねぇ～。あ、別にこれは自画自賛じゃないよ？」

「大丈夫ですよ。分かってますから」

「遊んでるところも可愛いし、夢中でご飯を食べてるところも……って、そうだ！　この子たちにもご飯あげよっと」

鯉の時のように、懐から餌を取り出すシャム猫さん。透明なビニール袋の中に、猫用のドライフードが入っていた。

「この子って、シャム猫さんが面倒見てるんですか？」

「私というか、猫鳴館の皆で飼ってる感じかな～。交代でご飯あげたり、お世話してるの」

猫の面倒を見る猫娘……。なんだか、少しだけシュールな光景に思える。

でも、猫を可愛がるシャム猫さんは、やっぱり可愛らしかった。猫にじゃれる女性って、どうしてこんなに可愛いんだろうか？

「は～い。ご飯の時間でちゅよぉ。もうちょっとだけ待っててねぇ」

ビニール袋は餌がこぼれないよう、口が固く結ばれている。それを解こうとする彼女。

しかし、よほど固く結ばれているのだろう。力を入れて頑張る彼女だが、なかなか口が緩まない。

「んぐぐ……これっ……ほどけない～……！」

「大丈夫ですか？　俺、代わりましょうか？」

「だ、大丈夫っ……！　もうちょっとで……んんん～～！」

踏ん張り、指に力を入れて、結び目を緩めようとするシャム猫さん。その甲斐あって、ようやく袋の口が緩んだ。

だがすでに、グレーの子猫は我慢の限界だったようだ。子猫が「早くぅ～」と言わんばかりに、袋に向かってぴょんぴょん跳ねる。

そして不幸なことに、子猫の爪が袋の端に引っかかってしまった。結果、袋が勢いよく破れる。

「キャッ⁉」

「うわっ！」

そして敗れた袋から、大量のドライフードが辺りに散らばる。

瞬間、地獄が始まった。

「え……？　あっ、ちょっと！　待って、待って！　ええぇっ⁉」

一体どこからやって来たのか、大量の猫たちが「にゃー！　にゃー！」と鳴きながら突撃してきた。彼らはシャム猫さんの周りに散らばったドライフードを狙い、彼女の周りにワラワラと群がる。

さらにその中の何匹かは、彼女の手元に残っていた十数粒の餌に目をつけて、シャム猫さんの肩や腕、背中に飛び乗ってきた。あっという間に、シャム猫さんは猫塗(まみ)れになる。

「み、皆っ、こらっ！　ダメだから！　あはははっ！　ちょっと～！　止(や)めてって！」

群がられて、笑いながら膝をつく彼女。そんなシャム猫さんに、猫たちは容赦なくさらに群がる。そして彼女の手に残る餌を我さきにと食したり、胸元に飛んだ餌を狙って服の中に入り込んだりしていた。

その猛攻に、シャム猫さんの浴衣(ゆかた)がはだける。そんな状態でも彼女は、皆にご飯を与えようとしていた。

「あははは っ！　こ、こらっ！　ケンカしないの～！　袋の中にまだあるからっ！」

服の中で動く子猫にくすぐられつつも、残った餌を出来るだけ平等に与えようとする彼女。最終的にシャム猫さんは子猫に絡(から)まれ続けた結果、バランスを崩して仰向けに転がる。

「にゃー！　にゃあぁぁー！　みんな待ってー！！！」

「しゃ、シャム猫さん！　今助けます！」

「だっ、ダメ！　今私、こんな格好だもん！」

手助けを試みるが、止められてしまう。たしかに服に飛び込んだ猫のせいで、彼女はもみくちゃになっている。

しかも子猫たちは止まらない。

最終的にシャム猫さんは、猫たちに押し倒されて仰向けに地面へ転がってしまう。

そしてその騒ぎは、猫たちが散らばったドライフードを食べ尽くすまで続いたのだった。

※

「うぅ……着物、ちょっと汚れちゃったよぉ……」

　子猫たちが去った後。ベンチで休みながら、涙目で言うシャム猫さん。珍しく弱々しい表情で、可愛い。

　それに、猫に群がられていた彼女も、なんだかんだで可愛かった。あの状況から助けられずに、申し訳ない気持ちはあるが。

「あの……ごめんなさい。俺、何にもできなくて……」

「ううん。気にしないで？　優斗君のせいじゃないもん。それに……ちょっとだけ面白かったしね？」

　猫に囲まれるのは可愛いし、と続ける彼女。シャム猫さんも、汚れが気になる一方で満更でもない気持ちらしい。

「ならいいですけど……でも、どうしましょうか？　浴衣も少し汚れちゃいましたし、そろそろ宿に帰りますか？」

「そうだねぇ～。でも、最後に一か所だけいい？　実はオススメの場所があるの」

「オススメの場所？」

「すぐ近くだから、一緒に行こう？」

　立ち上がるシャム猫さん。俺も彼女に続いて歩く。

そして向かった先にあったものは――

「じゃ～ん！　足湯のコーナーで～す」

「足湯、ですか？」

庭園の一角。咲き誇る高山植物を望めるベストポジションに、小さな温泉のようなスペースが設置されている。浅くお湯の張られたそこは、座りながら足を休めることのできる場所だ。

猫鳴館の玄関口には手湯浴みのコーナーが設置されていたが、足湯もちゃんとあるんだな。しかもちょうど庭園の中心部にあるから、ここまで歩いてきた疲れを癒やせる非常に嬉しいスポットだ。

「せっかくここまで来たんだし、入っていってほしかったんだー。さぁさぁ優斗君、試してみて？」

「あ、はい。それじゃ、失礼します」

せっかくなので、初めての足湯を試してみる。縁に座って、足をお湯の中に入れた。

すると、ちょうどよい温かさのお湯が、ふくらはぎの辺りまでを包んだ。

「はぁ……気持ちいい……！」

歩いた疲れが、炭酸泉の温かさで溶けていく。これは非常にいいものだ。

「どぉ？　どぉ？　気に入ってくれた？」

「はい。すごく気持ちいいですよ。シャム猫さんも入ってください」

足の筋肉がほぐされて、リラックスしていくのが分かる。一人で楽しむのも申し訳ないし、隣に来るように促した。

「私は後で大丈夫。それよりも～……おもてなし、しないとね♪」

シャム猫さんが俺の後ろに立つ。

「今から疲れた優斗君の体を、ゆっくり癒やそうとおもいま～す」

「え？　一体何を……？」

「ふふっ。シャム猫ちゃん、渾身のマッサージ。優しく肩揉み、していくよ～♪」

俺の両肩に、シャム猫さんの手が乗った。

「足湯に浸かりながら、ゆったりまったり、癒やされてね？　もみもみ～、もみもみ～♪」

「うおっ……！」

シャム猫さんの肩揉みが始まる。

最初は少しくすぐったさを感じたが、彼女の揉む位置が的確なのか、それはすぐに気持ち良さに変わった。

「もみもみ、ぐっぐっ……もみもみ、ぐっぐっ……。どぉ？　マッサージ気持ちいい？」

「は、はい。すごく良い感じです」

「よかったぁ～。じゃあ続けるね～」

安心した様子のシャム猫さん。本当に、蕩けそうなほど気持ちがいい。

しかし……実は一つだけ。シャム猫さんにはお話しし辛い問題があった。

それは――彼女の胸が、俺の背中に当たっているということだ。

「優斗君。猫鳴館の庭園はどうだった？」

「あ……素晴らしかったです。感動しました」

彼女が身動きする度に、シャム猫さんの胸が、ぽよんと当たる。だが彼女は施術に集中しており、それに気づく様子はなかった。

「庭園、いいよねぇ～。また今度、二人で散歩しようね」

「は、はい。楽しみです」

施術しながら、さらに話しかけるシャム猫さん。

彼女はとても程よい力で、俺の肩凝りをほぐしてくれる。だが俺は、背中に感じる柔らかく豊かな感触に、意識を持っていかれていた。

本当にどうしよう……これは言うべきか？　いや、俺からは指摘し辛いぞ。彼女だって恥ずかしがるだろうし……。

そもそも俺の肩を揉む為には、近づく必要があるのだろう。そして、彼女の胸が元々大きいこともあり、ポヨンポヨンと当たってしまう。

だとすれば、それは仕方のないことだ。考えずにスルーするべき事柄。

そもそもシャム猫さんは、一生懸命俺のためにこうしてご奉仕してくれているんだ。それなのに、不純なことを考えちゃいけない。

ここは徹底して、無視すべきだ。

「実はまだ、回ってない場所がたくさんあるの。次の時に教えてあげるねぇ」

「ありがとうございます。ここ、広いですもんね」

シャム猫さんが動くたびに、胸が当たったり離れたりする。でもそんな背中の感触は気にせず、俺はマッサージに意識を集中した。

彼女の肩揉みと足湯のおかげで、どんどん体が安らいでいく。体温も上がり、気持ちがいい。

「もみもみ、もみもみ～……。凝ってるところはにゃいかなぁ～？」

「大丈夫ですよ、シャム猫さん。先日よりかなりマシですから」

彼女のおかげで、ここ数日存分にくつろげている。体の凝りもかなり和らいだ。

「全部シャム猫さんのおかげですよ。おもてなし、すごく救われています」

「そぉ？　えへへ～。そう言ってもらえたら、悪い気はしないね～」

「でも、あんまり無理はしないでくださいね？　マッサージも、そろそろ十分ですから」

シャム猫さんにも、ちゃんとくつろいでもらいたいからな。

「大丈夫～。私のことは気にしないで？　私は優斗君を癒やせればそれでいーの」

「そういうわけにはいきませんから。尽くされてばっかじゃ悪いですし、そろそろ足湯でも入ってください。なんなら、今度は俺が肩揉みしましょうか？」

「そう？　嬉しいなぁ～。でも、ダメだよ？　おもてなしは私のお仕事だもん」

「でも、俺もシャム猫さんに何かお返ししたいですし。できることがあったら言ってください」

そもそも俺は本来、ここの客ではなくて迷子だ。シャム猫さんたちの好意に甘えて、おいてもらってるだけの者。お金だって一銭も持っていない。

そんな俺にあまり気を使わせてばかりいるのは、やっぱりひどく心苦しいんだ。

「う～ん……それじゃあ、一つだけ質問してもいいかな？」

「勿論(もちろん)です。なんでも聞いてください」

「それじゃあ、遠慮なく……一つだけね」

一瞬、言葉を溜めるシャム猫さん。

そして彼女が、耳元で尋ねる。

「どうして優斗君は、時々距離を置こうとするの？」

「え……？」

一瞬、質問の意図が分からなかった。

すると続けて、彼女が問う。

「優斗君、時々私たちと距離を置こうとしてるでしょ？　今日の朝とか、昨日縁側にいた時も」

そういえば俺は今朝、シャム猫さんには頼らずに一人で庭園に来ようとした。昨日も、おもてなしをしようとするシャム猫さんとミケ猫を置いて、一人で部屋に帰ったし……。

「それに今日私が優斗君に近づいた時も、ちょっと離れようとしてたでしょ？　手を繋ぐのも、あんまり乗り気じゃなかったし」

なるほど……だから今日は、いつもより明らかにグイグイ来たのか。俺の反応を確かめようと思って。

「なんというか……優斗君が、私との間に壁を作ってるような気がして……。『迷惑をかけたくないから』って言って、人付き合いを避けてるのかなって」

「気のせいだったらいいんだけど……多分、違うよね？　だから、教えて？」

たしかに……彼女の言う通りだ。俺は『迷惑をかけちゃいけない』と思って、いつもシャム猫さんたちとは、自ら関わりすぎないようにしていた。今思えばそれは、俺の反射的な行動だったように思える。

なぜ俺が、彼女たちを自然と避けようとしたのか。改めて自分で考える。

そして、シャム猫さんの問いに答えた。

「実は俺……昔から、あんまり深く人と接したくないんです」

「接したくない……？　それは、どうして？」

「分かりません……。実は俺、こっちに来てから記憶が一部曖昧なんです。だから、理由は分からないんですけど、人と接するのは怖くて……」

俺がこっちの世界に来る前も、人を避けて生きてきたのは確かだ。思えば倒れるほど勉強にのめり込んだのも、そうやって人を避けていたからだったような気もする。

そしてそこには明確な理由があったはずなんだが……それが、どうしても思い出せない。

ただ、少しだけ推測はできた。

「もしかしたら、ですけど……誰かと仲良くした後で、その人が消えてしまうことを恐れているのかもしれません」

「え……？」

「たとえ誰かと仲良くなっても、きっとその関係に終わりは来ます。例えば仮に俺がシャム猫さんに好意を持っても、いずれ俺がここを離れたら、もう会えなくなってしまいますよね……？」

ここはおそらく、俺のいた世界とは違う場所にある。そして来た時と同じように、俺はいつか元の世界に帰ることになるだろう。

「だから俺は、人とあまり関わらないのかもしれません。もしかしたら、大切な友達が離れて行ってしまったり……そういう経験を、たくさんしてきたのかもしれませんね……」

覚えているわけではないが、なぜだか悲しい気分になる。それは心の奥底から、沸き起こってくるような気持ち……。

でもその時。シャム猫さんが俺を抱きしめた。

「大丈夫だよ。優斗君」

「シャム猫さん……？」

「そんな心配しなくていい。だって、私は君から逃げないもん」

抱きしめながら、俺の頭を撫でる彼女。

「優斗君がいずれ猫鳴館から帰っても、絶対に君を追いかけていくから。だから、離れ離れにはならないよ～」

「そんなこと……本当に言い切れるんですか……？」

「うん♪　私は、嘘は絶対につかないからね。たまに冗談は言うけどにゃん♪」

茶化すように言うシャム猫さん。でも、その言葉には真剣さが宿っていた。

「だからさ、優斗君。もうちょっと私と仲良くしよ？　距離あるのも、やっぱり寂しいし」

「でも……やっぱり、俺にはどうしても……」

「う～ん……。それじゃあ、こうしよう！」

シャム猫さんが、小指を立てて俺に向ける。

「優斗君。指切り、しよっか。二人とも、ずっと一緒にいるって」

「え……指切り、ですか？」

「うん。さぁ、早く。小指だして？　早く～」

急かされて、俺は小指を立てる。するとシャム猫さんが自身の小指を絡めてきた。

「はい。ゆ～びき～りげ～んま～ん♪　嘘ついたらは～り千本の～ますっ♪」

リズムに合わせて、可愛く腕を振るシャム猫さん。

「ゆ〜び切った♪　はい、これでよし」

小指を放し、ふふっと破顔する彼女。

「これで私も優斗君も、約束は破れなくなったねぇ。だから、心配いらないにゃん」

「シャム猫さん……」

指切り。そんなものは、言ってしまえばただの子供騙しだ。これをしたからといって、約束が絶対になるわけじゃない。

そんなことは俺にも分かってる。でも……どうしてだろう。今の指切りには、信用できる何かを感じる。

不思議と、今まで抱いていた不安が薄れた。

「ね？　優斗君。私は、君から離れたりなんかしない。だから、もっと仲良くしてくれる？」

「……分かり、ました。シャム猫さんを信じます」

「ほんと？　良かったぁ……あ、そうだ！」

シャム猫さんが急に大きな声を出した。

「じゃあこれから私のことは、シャム猫って呼び捨てにして？　距離を縮める第一歩」

「え？　でも……シャム猫さんの方が年上じゃ……」

「そんなこと、気にしなくていいの～。ほら。シャム猫って呼んでみて？」

「は、はい……じゃあ、シャム猫……」

「(ニコー♪)」

ものすごく可愛らしく笑うシャム猫。心臓がドキッと大きく跳ねた。

「えへへ……こういうの、なんかいいね？　あと、当然敬語も禁止ね？　その方が、仲良い感じもするし」

「そ、そうですね……。じゃなくて……そうだな、シャム猫」

「ふふっ……♪　タメ語の優斗君、男らしいね？」

正直まだ、誰かと距離を詰めることに原因不明の怖さはある。

でも俺も、その反面で嬉しかった。

彼女がこんなに俺のことを思って、寄り添ってくれていることが。

※

その日の夜。

優斗はシャム猫にまた、寝かしつけてもらっていた。

「よし、よし……。いいこ、いいこ……。今日はいっぱい歩いて、疲れたよね？　明日の朝まで、ぐ～っすりおやすみ？」

「うん……。ありがとう、シャム猫……」

今日の彼女との指切り以降、優斗の気持ちは不思議と楽になっていた。

もう彼女と仲良くすることに、謎の不安感を抱かなくてもいい。彼女は突然いなくなったりはしないんだから。

そう思うだけで、今までより素直にシャム猫のおもてなしを受け取れた。

そのせいもあってか、すぐに睡魔に襲われる優斗。

「力を抜いてぇ……りら～っくす、しててねぇ……。今日はもう、頑張り屋さんは、ないないだよぉ……♪」

「分かった……ゆっくり、寝るよ……」

優しい言葉をかけながら、優斗の頭を撫でるシャム猫。そうして、一分ほどすると……。

「………すぅ……すぅ……」

「あ……寝ちゃったかな？　ふふっ。今日は早かったね～」

シャム猫が優斗の顔を覗き込む。彼は目を閉じ、安らかな寝息を立てていた。

「ふへへ……優斗君の寝顔、かわいいよぉ……」

起こさないよう、優斗の顔を撫でるシャム猫。まるで愛しい人を見るかのような、優しい視線を向けながら。

「ふふっ……。この寝顔、懐かしいなぁ……」

優斗の寝顔をじっと見続け、優しく布団をポンポンと叩く。それは、ただのお客さんに対して猫娘がとる行動ではなかった。

「ふにゃぁあぁ……。アクビが出ちゃう……。私、もうかなり眠い、かもぉ……」

私も、そろそろ寝ないとねぇ……。そう言って、シャム猫が立ち上がる。音を立てぬよう戸を引いた。

「じゃあね、優斗君。また明日」

そして、彼女は自室へ戻っていった。

第五章　シロ猫の、温泉旅行満喫法

シャム猫と約束をした、翌日の朝。

起きて朝食を食べた後、シャム猫が伸びをしながら言った。

「今日はそろそろ、お部屋の掃除をしないとね～」

「掃除……？」

「うん。綺麗なお部屋の方が、優斗君も落ち着いて過ごせるでしょ？」

と言われても、俺は汚れなんて気にならないんだけどな。部屋を見渡しても埃一つ落ちていないし、非の打ちどころがないほど綺麗だ。

まぁ俺がこの宿に来てからすでに5日程経っているし、その間本格的な清掃はできていないから、シャム猫としては気になるのかもな。

「分かった。それじゃあ、俺が掃除するよ。まずは何からすればいい？」

「え？　ダメだよぉ～。優斗君はお客様なんだから。こういうのは、私たちの仕事なの」

「でも、俺が泊まってる部屋だし……」

それに俺は飛び込みで、しかも無料で泊まってしまっている。せめて掃除などで働いて、少しでもシャム猫の優しさに報いたかった。

でも彼女は首を横に振る。

「いーのいーの。気にしないで？　優斗君は、いつも頑張ってたんだからね～。その分ここにいる間は、ゆーったりしてればいいんだよ？」

「でも……」

「それとも、私との約束忘れちゃったのかにゃあ？　しばらくは休むことに専念するって、優斗君前に言ったよね～？」

「うっ……」

それを持ち出されると、これ以上は何も言えなくなる。

「じゃあ……お願いしてもいいか？」

「は～い。私もやればできるってとこ、優斗君に見てもらわないとね♪」

力こぶを作り、自信満々に言う彼女。

「でも、お掃除の間は部屋から出てもらってもいいかにゃ？　できるだけ早く終わらせるから」

「あ、それはもちろん。適当に館内を散策してるよ」

ということで、この日俺は一日部屋から出ることにした。

※

「でも、散策といってもどこに行こうか……」

シャム猫に掃除を任せて部屋を出た後。俺はしばらく途方に暮れた。

館内の散策といっても、よく考えたらすでにミケ猫から案内はしてもらっているのだ。

庭園の散策も昨日したし、猫鳴館の中で目新しい場所は特にない。

「しょうがない……とりあえず、歩きながら考えよう」

じっとしてても始まらない。とりあえず、館内を適当に歩き回ることにする。猫鳴館は老舗旅館の風格ある、広くて荘厳な建物だ。そのため一度見たくらいでは飽きない。それに一人でじっくり回れば、何か新しい発見があるかも。そう期待して、ぐるりと館内を回っていく。

縁側や庭園、露天風呂やロビーなど、改めて色々な場所を巡って、この旅館の魅力を再確認する。

そしてしばらく回った後。俺は、ロビーのソファーでくつろいでいた。

「ふぅ……やっぱり、ここが一番かもな」

部屋以外でゆっくり時間を潰すなら、ロビーが正解かもしれない。

和風の落ち着いた雰囲気のロビー。ここのふかふかのソファーに座って、生け花を眺めるのが一番安らぐ。

景色という点では庭園を望める縁側が一番かもしれないが、今日の気温的に外は寒い。

その点ロビーは暖まりながら、ゆっくり時間を潰せるからいい。

「はぁ～……すっごい安らぐなぁ……」

こんな風に何も考えずに休めるなんて、一体いつぶりぐらいだろう……。受験勉強でしつこい水垢(みずあか)のようにたまった疲れが、少しずつ浄化されていくのが分かる。

それも、この猫鳴館(ねこめいかん)とシャム猫のおかげだ。これならいつ元の世界に帰っても、問題なく頑張れる気がする。十分すぎるリフレッシュだ。本当に、彼女には感謝しないといけない。

ただ、帰ったころには受験が終わって浪人が確定してしまっている……なんてことにならないかは心配だが、それは今考えても仕方がない。とにかく帰るまではこうやって、くつろがせてもらうとしよう。

――トコトコ……トコトコ……。

「ん？」

ふと、かすかに誰かの足音が聞こえた。俺は気になって音の方を見る。

すると見覚えのない女の子が、辺りを見回しつつ歩いていた。

「(キョロキョロ……キョロキョロ……)」

あれは……別の猫娘なのか？

その少女はシャム猫やミケ猫とは違い、真っ白な耳や尻尾が特徴的な、少し小柄な女の子だった。シャム猫が年上のお姉さん、ミケ猫が同い年の女の子とするなら、その子の見た目の印象は、後輩の女の子といった印象。

彼女はソファーに座る俺に気づいていない様子だった。そのまま何かを警戒するようにキョロキョロしながら、ロビーを素通りして歩いていく。

あっちはお土産処『ねこちぐら』がある方向だ。

「……気になるな」

ちょっと行ってみよう。好奇心からそう決めて、俺はコッソリ後をつけ始める。

するとやはり、彼女は廊下をまっすぐ進み『ねこちぐら』へと到着した。今まで通り周囲の様子を確認しながら、店内に入っていく猫娘。

俺はバレないように隠れながら、彼女の後を追い店内へ踏み入る。

そして白い猫娘が向かったのは、お店の中央ほどにある棚。以前ミケ猫に教えてもらった、お客様用の試食コーナーだ。猫形のまんじゅうやドーナツなど、猫鳴館の名産品を色々試食できる場所である。

白い猫娘はその棚をじっと見続ける。あれはたしか、『カツオの佃煮（つくだに）』の試食コーナーだ。

仕事で試食コーナーの準備をしにでも来たのだろうか？　そう俺が予想した瞬間。

その猫娘が、試食用の佃煮を口に含んだ。

「ぱくっ……。ふふっ。うまうま……♪」

「食べたー⁉」

「んんっ……⁉」

驚き、思わず叫んだ俺。しかし、もっと驚いたのは猫娘だった。

彼女は俺の声にびっくりし、試食のカツオを喉に詰まらせる。

「んっ……んんっ……ん～～～っ‼」

「あっ、ごめん！　えっと……何か飲み物……！」

近くにあった猫鳴館サイダーを渡す。猫娘は受け取ると、慌ててそれを飲み下す。

「ぷはぁっ……！　あぅ～～……助かったぁ～……。死んじゃうかと思ったよぉ～……」

はぁはぁと荒く呼吸する彼女。俺は罪悪感から声をかける。

「ごめん。俺がいきなり叫んだから……」

「あ、いえいえ。気にしないでください。……って、え……？」

俺の顔を見て、固まる白い猫娘。そして彼女は問いかけてきた。

「えっと……もしかして、今の見てました？」

今のというのは、明らかにつまみ食いのことだろう。この驚き方とコソコソしていた動きからして、やはりいけないことのようだ。

残念だが、今更見てない振りもできないよな。

「……うん。その、見ちゃった……」

「ごめんなさい！　出来心でしたぁ！」

頭を深く下げる猫娘。

「え？　いや、そんな謝らなくても……」

「どうか、このことはご内密に……！　他の猫娘に知られたら、私怒られちゃいますう！」

「だ、大丈夫だって！　俺別に、誰にも言わないから」

必死に謝る猫娘の姿に、俺も何だか心配になる。

もしかしたら猫娘(ねこむすめ)たちにも、怖い上司とか先輩みたいな存在が誰かいるのかもしれない。

「ほ、本当ですかぁ？　誰にも言わない……？」

「うん。俺も驚かせて悪かったし。秘密にするから、安心して？」

そう言うと、その猫娘はホッと表情をやわらげた。

「ありがとうございます！　お客様、お優しいんですね……！」

「いや、全然そんなことは……」

俺としては、気になって後を付けてしまった罪悪感がある。とりあえずこのことは忘れることにした。

「お客様は確か……優斗様、ですよね？　シャム姉さんがおもてなしをしている……」

「あ、うん。そうだけど……知ってるんだ？」

「はい！　シャム姉さんやミケちゃんから話は聞いていますから。ちなみに、私はシロ猫って言います。どうぞ、よろしくお願いいたします」

丁寧に頭を下げるシロ猫。見慣れたシャム猫以外の猫娘の登場に、なんだか新鮮な気持ちになる。

「あれ？　でも、どうしてお一人なんですか？　シャム姉さんが一緒なんじゃ……？」

「ああ、シャム猫は掃除中で――」

俺は、シャム猫が部屋の掃除をしているから、その間一人で時間を潰していたと話す。

「ということは、今はお暇なんですか？」

「うん。やること無いから、適当に館内を回ってたんだ」

「そうなんですか……。では、私と一緒に遊びませんか？」

「え？　君と……？」

「はい！　猫娘の端くれとして、お客様を退屈させるわけにはいきません！　シャム姉さんの手が空くまで、私にお相手させてください！」

元気に、グイグイ迫ってくるシロ猫。

しかし悪い話じゃないな。実際今はやることが無いし、誰かと一緒に話ししたり遊んだりできるなら、それは普通にありがたい。

「それじゃあ……お願いしようかな」

「ありがとうございます！　お任せください！」

シロ猫が元気な笑みを向ける。なんだかこの子は、シャム猫やミケ猫より活発で、距離を詰めるのがうまいように感じる。低い背も相まって、甘え上手な後輩というイメージだ。

「それでは、早速行きましょう。お客様にオススメの遊戯があるんです」

「あ、うん」

俺の服の裾を引っ張るシロ猫。こういう仕草も、なんだか可愛い。

「あ。その前に、一ついいでしょうか？」

「ん？」

問いかけるシロ猫。彼女はなんだか、もじもじした様子で次の言葉を躊躇する。

しかし、意を決したように問いかけてきた。

「あの……良ければお客様のこと、お兄様って呼んでもいいですか……？」

「え？　お兄様？」

「ぁいえっ……変なことを言ってるのは分かってるのですけどっ……そのっ……」

なんだか、ワタワタした様子のシロ猫。

なんで彼女は、そんな風に俺を呼びたいんだろうか……。

でもその様子から、何か理由があることは分かる。もしかしたら本当の兄が自分と似ていて、甘えたい気分になったのかも。

そう考えると、断る気にはならなかった。

「いいよ。お兄様でもお兄ちゃんでも、好きなように呼んでくれ」

「本当、ですか……？　えへ……えへへ……！　では、そのように♪」

嬉しそうにはにかむシロ猫。その表情に、俺も少し照れて赤くなる。

「えっと……ところで、遊戯って何をするんだ？」

「ふふっ……そんなの、決まってるじゃないですか」

誤魔化すように問いかける俺に、シロ猫はニヤッと笑いながら答えた。

※

「温泉宿と言えば、卓球です！」

俺が連れてこられたのは、猫鳴館の遊び処。その卓球台で俺たちは向かい合っていた。

「なるほど……確かに、納得かもな」

「卓球で汗を流した後に、熱い温泉で疲れをとる……これが猫鳴館での定番です！　というわけで、早速始めましょう！」

ミケ猫が、ラケットを構えた俺にピンポン球を投げてよこした。

「まずはお兄様からサーブをどうぞ！　私は上手なので、ハンデです」

「そうか……。それじゃあ、遠慮なくいくぞ……！」

手の平に球を載せ、それをトス。そしてボールが落ちてくる途中で、ラケットを振りサーブを繰り出す。

悪くない打球。そこそこ速いサーブが、シロ猫のコートへ伸びていく。

しかし——

「えいっ！」

シロ猫は、ものともせずにサーブを返した。

彼女の打った鋭い打球が、俺のコートの端を射貫いた。

「おぉ……！」

「えへへっ！　どうですか？　私の実力は！」

どうやら、うまいというのは本当のようだ。どやっ！　と笑顔を向けるシロ猫。

でも、こっちだって負けてはいない。

「次行くぞ……！　やぁっ！」

二打目のサーブ。俺は、さっきよりも鋭い打球を放つ。一打目と比べて、速さがあって低めの打球。

「わっ！」

最初の球で油断していたシロ猫は、それを返しきれなかった。打ち返した球は、どこか変な方向へ飛んでいく。

「わぁ……！　お兄様もやりますね……！」

「俺も卓球は好きだからな」

負けてばかりはいられない。明らかに年下の子に負けたとあっては、やっぱりプライドが傷つくし。

「相手にとって不足はないね……！　せっかくだし、試合でもしますか？」

「試合？」

「はい。その方が盛り上がるじゃないですか。勝った方が、負けた人の言うことを聞くってペナルティで！」

たしかに試合は盛り上がりそうだが、そのペナルティは必要だろうか？

「あれ？　お兄様、もしかして負けるのが怖いんですか？　ふふ……それなら仕方がないですね。ペナルティは無しにしましょうか？」

「いや、別にそういうわけじゃ……まぁいいか。じゃあ、ペナルティ有りでやろう」

挑発に乗るわけではなく、シロ猫が楽しめるのならそっちの方がいいかな、と思う。せっかく遊ぶなら、彼女にも楽しんでもらいたいし。

「では、さっきの二回はノーカンで。今から試合開始です。ルールは、一ゲーム先取したほうの勝ちでいいですか？」

「大丈夫だ。早速始めるか」

今度はサーブ権をじゃんけんで決めて、結果シロ猫からになる。

改めて卓球台の前で構えて、彼女のサーブから試合が始まる。

「行きますよー……やあっ！　最強サァーブ！」

「おぉっ……⁉」

思った以上に、速いサーブ。俺はギリギリで打球を彼女に返す。

「あれを返すとは、お見事です！　ではこれはっ⁉」

「なにぃっ⁉」

サーブと逆サイドに球を放つシロ猫。俺を振り回す作戦か！

「させるかっ！」

バックハンドで打球を返す。少し驚いたが、これくらいでやられる俺じゃない！

逆に今度はシロ猫が、レシーブに苦労することになる。

「くっ……思ったよりも、強いかも……！　お兄ちゃ――お兄様！　もっと手加減してください～」

「それはできない相談だなっ！」

油断したら、その時点でやられる。そんな確信があるほどシロ猫は強かった。彼女には悪いが手心を加えるつもりはない。

シロ猫はなんとか俺の打球を返す。しかし、今度は甘いコースに球が来た。

チャンスを逃さず、本気のストロークを放つ。対応しきれず空振るシロ猫。

「よしっ！　まずは一点だな」

「むぅ……！　お兄様がその気なら、こっちも！」

シロ猫の二回目のサーブ。これは、さっきよりもさらに速さが増していた。コースの鋭さも相まって、俺はレシーブに失敗した。

「えへへっ！　やったー！　これで同点！」

喜びのあまり、飛び跳ねるシロ猫。

こんな調子で、試合はどんどん白熱していく。お互いに点の取り合いになり、五対五、六対五、六対六と、一進一退の攻防が繰り広げられていく。

しかし、戦いが白熱していくにつれて、お互いの動きも激しくなる。そして動きが激しくなると、一つ問題が発生してきた。

「えいっ！　やあっ！　そぉい！」

「……！」

シロ猫が身にまとっている浴衣（ゆかた）が、スイングの度にはだけてきたのだ。

彼女が着ている、まるでセーラー服のような見た目の浴衣。それが肩先から少しずつずれて、胸元もはだけそうになっている。

これは……指摘するべきだろうか？　いや、絶対に言うべきだろう。このまま浴衣がはだけたら、とんでもないことになってしまう。このラリーが終わったら、一旦直してもらわないと……。

「隙ありっ！　やーっ！」

「なっ⁉」

思考を巡らせていた、その時。シロ猫が俺のコートの右端に、鋭いストロークを放つ。

慌てたあまり、無駄に大きなスイングをする。

打球は何とかラケットに当たった。だが、とりあえず当てただけだ。狙いをつけることもできず、打球は高く宙を舞う。そして——

「えっ？」

——シロ猫の胸元に、すっぽりと入った。

「わっ……わーっ⁉」

「す、すまん！　わざとじゃないんだが……！」

慌てるシロ猫に、必死で謝る。まさか、ピンポイントにそこへ行くとは……！

「と、とりあえず球を外に出そう！　それから、服を整えてくれ！」

「う、うん……って、お兄ちゃん、見ないでね⁉　絶対ダメだよ⁉」

「わ、分かった！　ゴメン！」

俺はシロ猫に背を向ける。それからしばらく、彼女が着替えを終えるのを待った。衣擦れの音を必死で聞かないようにしながら。

そしてシロ猫が落ち着くのを待ち、改めて卓球台で向かい合う。

「はぁ……はぁ……ビックリしました……。まさか、お兄様が私の平静を乱す作戦に出るとは……」

「いや、違うから。わざとじゃないって……」

「でも、負けないもん！　高速サーブッ！」

「あっ、ズルいぞシロ猫！　まだ構えてない！」

わいわいと騒ぎながら、試合を再開。またお互いにラリーを続けて、互角の勝負を繰り広げる。

そして、勝負はいよいよ終盤戦。十対十の同点になった。

「ま、まさか……お兄様がここまでやるとは……！」

「シロ猫こそ、本当に強いな……！」

この試合は、一ゲーム勝負。つまり十一点取ったら勝ちのゲームだ。そして十対十になった場合、ルール上二点リードしたほうが、この試合の勝者ということになる。

そして、次のサーブはシロ猫から。

「いくよ……お兄ちゃん！　私の全力！」

「ぐっ⁉」

今までよりわずかに速い球。最速のショットに、スイングのタイミングがずれる。

結果、俺がレシーブをミスする。

「えへへっ……あと、もう一点……！」

「まだまだ……勝ちは譲らない！」

もう一度、シロ猫のサーブ。また最速のサーブが飛んでくる。

だが、今度はギリギリ返した。弱い球だが、彼女のコート内に打ち返す。

「お兄ちゃんには、負けないいんだからぁー！」

「うぐっ……！」

そのまま彼女に押される形で、試合の展開は進んでいく。俺はシロ猫が繰り出す高速ショットを、コート内に返すので精いっぱいだ。そのため甘い打球を返してしまい、また強い球を打たれるという悪循環。

しかし、耐えていれば勝機は訪れるものだ。十数回目の俺のレシーブをシロ猫が返し損ねてしまう。

「あっ、しまった！」

シロ猫はレシーブにこそ成功したが、うまく球を捉えられなかった。彼女の球は高く浮き、絶好のチャンスボールとなる。

「よし！　いい球だ！」

あとはこれを相手のエリアに叩(たた)きつければ、また同点だ！　どうやっても打ち返せないような、完璧なスマッシュを決めてやる！

「うう……お兄様……！　あんまり虐(いじ)めないでください……」

「なっ……!?」

ラケットを掲げた瞬間、シロ猫の声。視界の端には『きゅるるん』と、瞳を潤ませたシロ猫が映る。

た、たしかに……少し大人げないかもしれない。シロ猫みたいな小さな子相手に、大の男が本気のスマッシュをブチかますなんて……。さすがに怖がらせてしまうんじゃ……？

仕方ない。ここは、普通に返そう……！

「くっ……！」

スマッシュの体勢から急に、通常のレシーブに切り替える。そのせいで、変な当たりになってしまった。球は相手のコートに入ったが、のろのろで浮いた打球になる。

瞬間、シロ猫の表情が激変。ニッと不敵に微笑(ほほえ)んだ。

「来ましたー！　チャンスボールですー！」

ここぞとばかりに、ラケットを素早く振り下ろすシロ猫。

「スマーッシュ‼」

彼女のスイングが打球を捉え、スマッシュが俺のコートに突き刺さる！

「あっ！」

反応したが、間に合わない。俺のスイングは空を切り、球は遠くに飛んでいった。

これで、シロ猫が二点先取。彼女の勝ちが決まってしまった。

「やったー、やったー！　お兄ちゃんに勝った〜！」

「ううっ……！　この、甘え上手め……！」

最後の最後で、彼女の泣き顔に騙(だま)されてしまった……。まさか、あんな武器を使ってくるなんて……。

「えへへ。最後まで油断しちゃダメだよ？　お兄ちゃん♪」

「はぁ……。本当だな。次はもう手加減しないからな？」

「いいも～ん。次だって負けないからっ！」

自信満々に胸を張るシロ猫。そのドヤ顔が可愛かった。

「それで？　シロ猫は何を要求するんだ？」

「え？」

「負けたら、勝った方の言うことを聞くんだろ？」

「あ！　そうでした！　忘れてました……」

忘れてたなら、わざわざ言わなきゃよかったか……？　まぁ、負けた以上ペナルティは受け入れるべきだろう。

「で、どうする？　言っとくけど、変な内容は拒否するからな？」

「そうですね～……。う～んと、え～っと……」

しばらく考えた後、シロ猫が『はっ！』と、何か思いつく。

そして笑顔で言ってきた。

「じゃあ、一緒にお風呂に入りましょう！」

※

猫鳴館名物、マタタビの湯。

相変わらずそこは、紅葉の絶景に囲まれていた。

「わ～い！　お兄様とお風呂～♪　おっふろ～♪」

裸にタオルを巻き、脱衣所から温泉へ飛び出すシロ猫。俺も同じ格好で後に続く。

「でも、なんでペナルティが一緒にお風呂なんだ……？」

もっと何か、代わりに仕事を任せるとか色々あったと思うんだが。

「だって、誰かと一緒に入ったほうが楽しいですし。それにさっきも言った通り、卓球の後は温泉へ入るに限ります！」

たしかに白熱した勝負で汗をかいたから、この提案はありがたい。

「それでは、こちらに座ってください。お背中、洗っていきますので」

「え……？　シロ猫が洗ってくれるのか？」

「もちろんです。私だって猫娘ですから。お兄様をおもてなしします♪」

「でも、負けておいておもてなしされるのも、なんか申し訳ないような……」

「そんなの、気にしなくていいですよ～。今日はいっぱい、私に甘えてくださいね？」

そう言って体を寄せてくるシロ猫。まぁ、そう言ってくれるなら好意に甘えることにするか……。

案内された通り、俺は木製の風呂椅子に座る。

「じゃぁ、かけ湯をしていきますね。まずはお湯の温度を確かめて～……」

いつもシャム猫がやっているように、湯口からお湯を注ぐシロ猫。そして温度を確かめると……勢いよく俺の体にかけた。

「えーい！」

「わぷっ！」

「ふふっ、びっくりした？　なんか……昔やった、水遊びを思い出しちゃうなぁ」

水遊び……？　猫娘仲間とかで、小さいときに遊んでたのかな？

「はい、もーいちど、かけ湯で～す」

再びシロ猫が頭からお湯をかけてくる。しかし、今度はゆっくり優しくだ。熱すぎず、心地よいお湯が卓球でかいた汗を流してくれる。

「わっ！　ちょっと～！　お兄ちゃ～ん！」

俺は前髪を滴る水滴が邪魔で、反射的に頭を振って水を飛ばす。

声を上げるシロ猫。散った水滴が彼女にかかってしまったらしい。

「ごめん、シロ猫。つい……」

「まったくもう、お兄様ったら……ふふっ」

笑みをこぼすシロ猫。そして彼女はシャンプー液を両手に出す。

「それじゃあ、まずは髪から洗っていきますね？　おかゆい所があったら、言ってね？」

そして、シロ猫のおもてなしが始まる。彼女が小さな手でわしゃわしゃと、俺の頭を洗ってくれる。

「どうですか～？　気持ちいいですか～？」

「うん。いい感じだよ。ありがとう」

「ふふっ、良かったです♪　今日はいーっぱい、リラックスしてくださいね？」

その後もいつもシャム猫がしてくれているのと同じように、シロ猫がお世話をしてくれた。頭の泡をシャワーで流し、それからは背中を洗ってくれる。シャム猫よりも小さく力の弱い手で、一生懸命俺の背中をごしごしと擦る。

「よいしょっ……よいしょっ……。お兄様、すっごく体つきいいですね？　何かスポーツされてました？」

「いや……特にやってなかったはずだけど……」

記憶が曖昧だが、部活にも入ってなかったはずだ。

「え～？　本当ですか？　お背中とても立派ですよ～？　腕も筋肉ついていますし」

そういいながら、今度は腕を洗ってくれるシロ猫。

「ごしごし、ごしごし……。しっかり綺麗にしてあげますから。リラークス、リラーックス……♪」

人に体を洗ってもらうのは、やっぱり不思議といい気持ちがする。ここに来てから数日経つし、夜は毎日シャム猫に体を洗ってもらっているが、未だに飽きる気はしない。むしろ、癖になりそうだ。

「あっ。お兄様、気持ちよさそうな顔してますね……」

シロ猫が、前にある鏡に映った俺の顔を見る。

「お顔緩んでるお兄様、可愛い……♪」

「や、止めてくれ……あまり見られると……」

「恥ずかしいです？　いいじゃないですか〜。もっとお顔が緩んじゃうくらい、いっぱいリラックスしてくださいね？」

スポンジで両腕を優しく洗ってくれるシロ猫。その後、シャワーで流してもらう。

あとは、体の前面を洗うだけだ。

「はい、完了で〜す！　じゃあ、あとは自分でやるんですよ？　ふふっ」

「ああ、ありがとう。気持ちよかったよ」

俺は洗い残った腹部や足などをスポンジで擦り、最後に温かいお湯で流した。

「ふぅっ……」

この体を清めた後の気持ち良さ……これだから風呂はやめられない。

「もう終わったの？　ちゃんと洗いましたか？」

「大丈夫。洗い残しはないから」

「そう？　じゃあ、選手交代で～す♪」

俺が風呂椅子から立ち上がると同時に、今度はシロ猫がそこに座った。

「今度は私が、おもてなししてもらってもいい？」

「おもてなしって……シロ猫の背中を流すのか？」

「うんっ！　お兄様、いいでしょ？　おねがぁい」

可愛くおねだりをするシロ猫。

まぁ俺も洗ってもらったし、こっちは別にいいんだが……。

「でも、いいのか……？　俺が女の子の体を洗って……」

「お兄様なら問題ないですよ？　ふふっ」

笑いながら、新しいスポンジを差し出すシロ猫。

「わ、分かった……。それじゃあ、失礼して……」

俺はシロ猫と位置を交代。彼女が風呂椅子に座り、俺が彼女の背を前に立つ。

最初は彼女にやってもらったように、まずはお湯を全身にかけた。

「はわ……あったかぁい……♪」

「それじゃあ、背中洗ってくぞ？」

シャム猫やシロ猫のマネをして、スポンジで背中を擦っていく。

「大丈夫か？　力強くないか？」

「はいっ。大丈夫ですよ。ふふっ……お兄様、お上手ですね？」

「そ、そうか……？　ありがとう……」

体を洗うためとはいえ女の子の体に触れるなんて、やっぱり抵抗や恥ずかしさがある。

でも喜んでくれるなら、俺なりにしっかりこなすとしよう。

ごしごし、ごしごしと作業を続ける。

「お兄様の手つき、とっても優しくて癒やされちゃいます……私よりお上手かもですね？」

「そんなことないよ。女の子の背中を洗うなんて初めてだし……」

「そうとは思えないほど気持ちいいですよ？　撫(な)でられてるみたいで、嬉(うれ)しいです……♪」

彼女の体を傷つけないよう、気を付けながら背中をこする。優しく、痛くないように。

そして背中を洗ったら、ついでに彼女の腕も洗う。名前の通り、白くて細い腕を掴んで、力を入れずに擦っていく。最初は右腕、次は左腕。そしてどちらも終わった後、まとめてシャワーで泡を流した。

「はい、これで終ったぞ」

「ありがとうございます、お兄様！　とっても気持ちよかったです！」

「それは良かった。自信になるよ」

逆に背中を洗うのも、それはそれで楽しいな。感謝してくれて嬉しいし。

「じゃあ、後は自分で洗いますね♪　お兄様は先に湯船に入っていてください」

「分かった。シロ猫も早くおいで」

さすがに、背中以外を俺が洗うのは躊躇われるから助かった。

俺は体が冷えない内に、お待ちかねの湯船に浸かる。

「はぁ～～～……！」

あまりの気持ち良さに、声が出る。マタタビの湯……何度浸かってもいいものだ。炭酸泉のせいかマタタビ成分のせいなのか、普通のお風呂より温かい気がする。それに露天ならではの景色の良さも、やはりこの風呂の魅力だろう。

岩場に腰をかけ、目を閉じる。そして気持ちいい風呂を堪能。

その途中――。

「あっ……優斗さん……！」

「え……？」

俺を呼ぶ声に、目を開ける。

すると数メートル先の岩場の辺りに、見覚えのある少女がいた。

「ミケ猫……!?」

彼女も一緒に入っていたのか。岩場の陰で見えなかった。

「優斗さん……優斗さ～ん……！」

「ん……？」

しかも、なんだか様子がおかしい。

彼女は普段より顔を赤くし、トロンとした笑顔になっていた。バシャバシャと湯をかきわけながら、俺の側へとやって来る彼女。

そして、勢いよく抱き着いてきた。

「え～いっ！」

「わぷっ!?」

俺の首に腕を回して、体を密着させてくるミケ猫。

ど、どうしたんだ……⁉

「お、おいミケ猫⁉　いきなり何して──」

「えへへ～。優斗さんって、格好いいよね～。大好きぃ～！」

俺の言葉には答えずに、てろ～んとした顔で言うミケ猫。

この子、本当にどうしたんだ……？　確実に正気を失ってるぞ……！

『これがマタタビの香りなの。猫娘（ねこむすめ）たちは、このお湯につかりすぎると酔っちゃうんだよね。ま、私は簡単には酔わないけどね？』

「あ……」

唐突に、シャム猫の言葉を思い出す。

この温泉はマタタビ成分が入っている。もしかしたら、それで酔ったんじゃ……。

「それに、優しくて頼もしくて～、私、優斗さんのお嫁さんになる～！」

「うん……絶対酔ってるな」

普段の丁寧で礼儀正しい姿が消えて、甘えん坊で子供っぽくなっている。しかも、この激しいスキンシップ……。抱き上戸といったところだろうか。

そういえば、ミケ猫は猫じゃらしにも弱かったな。関係あるかわからないけど、ミケ猫は猫の本能が強めなのかも。

「ふぁ～～……！　気持ちいいですね～。マタタビの湯、最高です～」

なんてことを考えていたら、シロ猫が湯船にやってきた。

「お兄様、お湯加減は──って、ミケちゃん⁉　なにしてるんですか⁉」

「あっ、シロちゃんだぁ～！　えへへ、可愛いぃ～！」

俺から離れて、今度はシロ猫に抱き着くミケ猫。

「あ～！　またミケちゃん、湯船で酔ってる～！　だから長湯はダメって言ったのに！」

「またって、よくあることなのか？」

「はい。ミケちゃん、少し長湯するとすぐに酔っちゃうみたいなんです」

「酔ってないよぉ～。普通だよぉ～」

「酔ってる人はそう言うんです！」

シロ猫が抱擁から逃れようとする。だがミケ猫は離さずに、なついた猫のようにすり寄る。

「シロ猫ちゃあ～ん。すりすりすりすり……」

「まさか、ミケ猫がここまで変わるとは……」

「うぅ……。私たち、このお湯の匂いを嗅ぎすぎると、変な感じになっちゃうんです……。だから、長湯しないように言われてるんですけど……」

「なるほど……ちなみにミケ猫は、どれくらい入ってたんだ？」

「ん～と、大体五分くらいれす～♪」

五分でこんなに酔ってしまうのか。っていうか、俺たちが体を洗ってる途中に、ミケ猫も入ってきていたのかな？

「お二人とも仲良さそうだったから、遠慮して声を掛けなかったんですけど……やっぱり、仲間外れは寂しいですよぉ～！」

抱き着いて来るのは、寂しかったかららしい。彼女はますます強くシロ猫を抱く。にしても……。

「ミケちゃん、暑いから離れてください～！」

「えへへ～。シロちゃん、あったかいね～」

「……なんか、これはこれでいいな……」

ミケ猫に抱き着かれているシロ猫。しかも、二人は裸にタオルを巻いただけの姿……。なんかこう、キマシタワーな展開だ。俺はこのまま露天風呂にある岩として、二人を眺めていた方がいいような気もする。

「あーもう、ダメですよぉ！　私は、お兄様のおもてなしがあるんですから！」

「おもてなし……？　私もする～！」

あっ。ミケ猫の意識がこっちに向いた。再び彼女が迫ってくる。

「優斗さん～。どんなおもてなし、してほしいですか？　マッサージ？　それとも、膝枕？」

「あ、いや……その……」

また、ほとんど裸で抱き着くミケ猫。どうしよう……。すごくドキドキする。こんなに積極的に迫られても、どう反応していいか分からない。

「ふぅ……なんとか助かりました……」

頼む、シロ猫。落ち着いてないで助けてくれ……！

とにかく、ミケ猫をなんとかしなければ。そのためには、酔いを覚ましてもらうしかない。

「お、おいミケ猫。そろそろ、出たほうがいいんじゃないか？　これ以上入ってると体に悪いぞ？」

「大丈夫れすよぉ～。優斗さん、心配してくれて優しいれすねぇ～」

「とても大丈夫には見えないんだが……」

どうしよう……酔いを覚ますには、一度風呂から上がるしかないだろう。しかし気分がいいようで、彼女は湯船から出ようとしない。

俺がミケ猫を説得し、ミケ猫はそんな俺に構わず抱き着いておもてなしをしようとする。

そんなやりとりが五分ほど続き、ますます酔いがまわるミケ猫。

さらに、ついにはシロ猫までも……。

「はぅ……私も少し、酔ってきちゃいましたぁ……」

「え……？」

「お湯に浸かると、マタタビの匂いでクラクラしますぅ……。えへへっ。ちょっと、いい気分……」

どうやらミケ猫だけじゃなくシロ猫も、シャム猫より酔いやすいようだ。頬を赤くして近づいてくる。

「あははっ……お兄ちゃん、一緒に遊ぼ～？」

「優斗さん……私に、お世話させてください～」

「ちょっ、ちょっと……！　二人とも……！」

しまった……！　左右から挟まれてしまった。でろでろに酔った猫娘二人に。

この状況、かなり危ないんじゃないか？　二人はスキンシップが激しくなり、しかも裸同然だ。このままだと、もっと過激に迫られてしまう恐れもある。

こうなったらもう、風呂から出よう……！　そうすれば、二人も俺を追って上がるかもしれない。

そう思い、湯船から立ち上がったその時――

「あらあら……。皆楽しそうだね～？」

「えっ……？」

――すごく馴染み深い声がした。

「しゃ、シャム猫……!?」

見ると、やはり彼女が立っていた。

俺を探しに来ただけなのか、格好はいつもの浴衣姿だ。しかし、いつもとは違うところもあった。

なんだか、笑顔が怖いのだ。

「ふふっ……とっても仲がよさそうで、羨ましいなぁ～」

なんだか、とんでもない凄みがある。笑顔なのに笑っていないというか……迫力があって、すごく怖い。

『…………!!』

その迫力に、シロ猫とミケ猫も気づいたのだろう。二人はすぐに酔いが覚めたようで、シャム猫を見て固まっている。

え……？　シャム猫、なにか怒ってる……？

「でもね、ミケちゃん。シロちゃん。私、一つ思うことがあるの」

「ぴぃっ……!?」

猫の本能か、震える二人。

「そんな格好で抱き着いたりしたら、優斗君も困ると思うんだぁ～。ね？　優斗君。困るよね？」

「あ、はい……」

確かに困惑していたのは事実だが、それ以上に肯定しないと何かマズイことになる気がした。

「ほらね？　優斗君もこう言ってるし、仲良くするのもほどほどにね」

『は、はい……！』

「それじゃ、優斗君。一緒にいこっか？　お顔、赤くなってるよ？」

俺は黙って首肯する。そして慌てて湯船を出た。

「あ、それとぉ～」

シャム猫が、ミケ猫とシロ猫に向けて続ける。

「優斗君は、私のお客さんだからね？　あんまり『おいた』しちゃだめだよ？」

そう言い、彼女はウインクをする。

一方二人は、シャム猫の言葉にガタガタと体を震わせた。

※

そして温泉を上がった後。

シャム猫のおかげで綺麗になった部屋に戻った俺は、彼女から説教を受けていた。

「まさか優斗君が、私がお掃除してる間にあんな浮気をしてるなんてね～？」

「あ、いや……浮気ってわけじゃ……」

俺が言い訳しようとすると、ギロッとこちらを睨む彼女。ダメだ。可愛いけど、怖い。

「まったくもう……。館内を案内してもらったり、卓球したりするだけならともかく、一緒にお風呂まで入っちゃうなんて……。優斗君をお風呂に入れていいのは、お付きの私だけなんだからね？」

「そ、そうなんだ……。ごめんなさい……」

「ぷいっ」

謝るが、分かりやすく拗ねるシャム猫。

どうやら彼女は、俺がシロ猫やミケ猫と温泉でイチャイチャしていたことに、嫉妬して怒っているようだ。

「一人で退屈してるかと思って、すぐにお掃除終わらせて呼びにいったのに……。優斗君は私よりも、ミケちゃんやシロちゃんの方がいいのかなぁ～……？」

「いや、そんなことないって！　もちろんシロ猫もミケ猫もいい子たちだと思うけど……俺はシャム猫が大事だから！」

「む～……。ホントに？　嘘じゃないかなぁ……」

「ホントだって！　信じてくれっ！」

迷い込んだ俺をここに置いてくれたのは、他でもないシャム猫なんだ。他の二人も可愛いと思うし、個人的に好感を持っているけど……それでも、俺はシャム猫との繋がりを大事にしたい。

そう言うと、シャム猫はようやく少し笑った。

「そっか……それなら、ちょっと安心かな」

よかった。俺の気持ちは、ちゃんと信じてもらえたようだ。

「でも、もう優斗君は、他の猫のとこには行っちゃダメだよ？　しばらく、接近禁止令を出します」

「えっ……？　そこまでする……？」

「だって……優斗君が、他の娘(こ)に取られないか心配だもん……」

「……！」

不安そうな顔で呟(つぶや)くシャム猫。俺に強い好意を持っているかのような言い方に、顔が熱くなるのが分かった。

でも、その一方で少し不思議だ。

俺はただの迷子だぞ……？　正式なお客さんでもない、シャム猫の好意で拾ってもらっただけの存在だ。

なんでそんなただの迷子である自分を、シャム猫はここまで大事にするのだろうか？

「それじゃあ、ちょっとお昼寝でもすゆ？　さっきお布団(ふとん)干しておいたの」

「あ、うん。ありがとう」

「それと、マッサージもしてあげる。運動したなら、疲れてるよね？」

拗ねた後でも、優しく聞いてくれるシャム猫。俺はお言葉に甘えることにする。

しかしその日のマッサージはなぜか、やや力が強めだった気がした。

第六章　シャム猫とお出かけ

翌日の朝。

シャム猫はまだ少し、昨日のことを気にしているようだった。

「えっと……シャム猫？　そろそろ、どいてくれないかな……？」

「……（ギュッ）」

俺の隣に座り、浴衣の裾をつまんでくる彼女。そのため、朝食のサバ味噌（みそ）が非常に食べづらい。

彼女曰（いわ）く、「また他の娘に取られたらいやだもん……」ということらしい。

どうやら、昨日自分抜きで他の猫娘（ねこむすめ）と仲良く温泉に入ったことが、よほど堪えているようだ。昨日は一応納得してくれたが、まだ拗ねてしまっているのは明白。

また俺がシャム猫抜きで遊ばないかと警戒している。

「シャム猫……大丈夫だぞ？　俺別に、シャム猫が嫌になったとか、シャム猫以外の子たちに興味持ったとか、そういうの全然ないからな？」

「むぅ……。でも、やっぱり不安だもん……。私が離れている間に、どっか行っちゃうんじゃないかって……」

「どこも行きよう無いんだけどなぁ……」

勝手にどこかに行けるものなら、多分二日目に帰宅している。現状帰り方はおろか、ここがどこなのかもわかってないし。

「それに優斗君にその気がなくても……ミケちゃんもシロちゃんも、優斗君を気に入ってるみたいだし……。もしかしたら、また誘いに来るかも……」

そう言って、辺りをキョロキョロ警戒するシャム猫。そんな、言うほど気に入られてるか……？　二人とも、俺によくしてくれてはいるけど……。

しかしそんな俺の疑問はよそに、シャム猫は俺の腕を抱きしめてくる。可愛らしいが、ちょっと痛いぞ……？

このままでは腕にダメージが入ってしまう。それに、シャム猫を不安がらせるのも申し訳ない。

俺はどうすればシャム猫が安心してくれるのか、思案。

そして一つの結論にたどり着く。

「それじゃあ……今日は二人だけで過ごさないか？　温泉街の散策とかして」

「……！」

ガバッとシャム猫が顔を上げる。

「本当に……？　私と優斗君、二人っきりで？」

「うん。二人っきりで。と言っても、俺はこの辺知らないから、案内してもらう形にはなるけど……」

前にシャム猫は、外の温泉街が散策のオススメスポットだと言っていた。外に出れば他の猫娘たちと遭遇することもないだろうし、シャム猫もきっと安心だろう。

それに俺も、シャム猫と二人で出かけたい。前に彼女と日本庭園を回った時は、本当に楽しかったから。

「もしよかったら、今日は一緒に遊んでほしいな」

「う、うん……！　えへへ……嬉しいにゃぁ……♪」

本当に心の底から、嬉しそうな顔をしてくれるシャム猫。

そして俺は食事を終えた後。早速彼女と出かけたのだった。

※

猫鳴館を出て、江戸時代の城下町のような趣ある町を歩くこと、五分。

素晴らしい温泉街の風景が、俺の視界に広がった。

まず目に入ったのは、綺麗な川と、そこにかかった石造りの太鼓橋である。さらに川に沿うような柳並木が、町並みを美しく彩っている。

「どう？　この辺り、絶景でしょ？　この景色がこの町で最初のオススメかも」

「たしかに、まさしく絶景ですね……！　これぞ温泉街って感じで」

周囲に見える建物も、どれも風情あるものばかりだ。白と黒のコントラストが美しい土蔵造りの建物が、和の雰囲気を醸し出す。

この町並みを眺めて歩いているだけで、満足できそうな景観だ。

「あ！　優斗君、優斗君！　せっかくだし、アレに乗って行こうよ！」

「あれ……？」

シャム猫が指さす方を見る。そこには一人の男性と、彼が引いている二輪車があった。

「なるほど。人力車ですか」

「あれなら、ゆっくり座りながら町の景色を楽しめるよ？　すみませ～ん」

早速シャム猫が運転手さんに駆け寄る。そして代金を支払い、二人で座席に腰かけた。

「はい！　ご利用ありがとうございます！　それでは、出発しますね～！」

運転手さんが車の持ち手を掴み、駆けていく。すると、思ったよりスムーズに人力車が発進。ぐんぐん速度が上がっていき、気持ちのいい風を体に感じる。

「わぁ……！　これが人力車……！」

「ね～？　思ったよりも速いでしょ～？」

隣で笑顔を浮かべるシャム猫。たしかに、予想していたよりも快適だ。歩き以上、自転車未満のこのスピードも心地良いし、景色を見ながら休むこともできる。

右手に流れる川と柳並木、さらには雰囲気のある赤い灯籠などを横目に見ながら、見知らぬ街の情緒を楽しむ。

でも、俺にはそれよりも気になっていることがあった。

「ふふっ。綺麗な景色だね～、優斗君♪」

「う、うん……」

それは、隣のシャム猫だ。

人力車ならどれもそうだろうが、座席がそこそこ狭い。つまりこの人力車に乗っている間は、彼女と密着状態になるのだ。

しかも、人力車だけあって座席は揺れる。道端のほんのちょっとした段差や、運転手さんの走り方によっても揺れる。

その度にシャム猫の柔らかい足や腕が俺の体に当たって離れてを繰りかえしている。そのため、より彼女の体の存在を意識してしまう。

そしてそれは、シャム猫も同じなようで……。

「優斗君、ごめんね？　体当たっちゃって、邪魔じゃない？」

「い、いや！　俺は大丈夫だけど……シャム猫こそ、俺が邪魔じゃないか？　体、何度もぶつかってるし……」

「そんなことないよぉ～。……あ。じゃあ、こうすゆ？」

シャム猫が俺にグッと寄り添う。今までよりも思いっきり体を密着させてきた。

揺れが起きても、離れない程に。

「最初から密着していたら～、お互いドギマギすることもないよね？」

い、いや……これはこれでドキドキなんですが。

最初からこんなにくっついてたら、それはイチャイチャしてるだけでは……!?

「えへへ……なんか、恋人みたい……だね？」

「え……!?」

意識しまいと思ってたことを、シャム猫から言われてしまう。それも、照れたような雰囲気で。

だが……。

「な～んちゃってね？　んふふ～♪　優斗君、顔真っ赤だよ？」

「なっ……⁉　シャム猫……からかったのか？」

「ごめんごめん。でも、実際私たち仲良しさんでしょ？　恋人さんにも負けないくらい、ね？」

「それは……そうなんですかねぇ……？」

「もちろん♪　私がこぉんなにサービスするの、優斗君にだけなんだもん」

体を俺に寄せながら、よしよしと頭を撫でてくるシャム猫。

こんな状況では、景色を楽しむ余裕なんてなかった。俺の視線は、シャム猫だけに集中する。

そして気づいたころには、人力車が動きを停めていた。

「はい。お疲れ様でした～。気を付けて降りてくださいね～」

「は～い。ありがとうございます♪」

楽しそうにお礼を言い、降りるシャム猫。彼女に続いて俺も降りる。

ふぅ……ようやく気持ちを落ち着けられそうだ。

シャム猫から、少し離れて深呼吸。ドキドキしていた心臓が少しずつ平静を取り戻す。

それから俺は、周囲を見た。

着いた場所は、出発地点から十分ほど進んだ地点である。この辺りはちょっとした商店街のようになっており、お土産屋さんや和風のカフェなどが、同じ場所に軒を連ねている。よく見ると、公共温泉なんかもある。町全体が温泉宿みたいなものなのかもしれない。

「猫鳴館の温泉街は、ここがメインの観光地なの」

「へぇ……お店がたくさんで、楽しそうだね」

どのお店も老舗の風格を纏(まと)っている、土蔵造りの建物だ。店先にはそれぞれ、ソフトクリームの置き物や、名物らしき温泉まんじゅうやチャーシューまんなどの看板があった。

さらにお酒を置いているお店には、『地酒』と書かれた看板が目立つところに掲げられていたり、軒先に茶色の杉玉が飾られたりしている。

猫鳴館のお土産屋処(どころ)『ねこちぐら』では見られなかった商品もあり、なんだか少しワクワクする。

「まずは、この辺で腹ごしらえしよっか。優斗君、食べたいものはある？」

「う～ん……色々あって迷うな……」

目に映る看板だけ見ても、色々な名物をこの町で味わえるのが分かる。中華まんやコロッケ、棒天ぷらに湯めぐりアイスなど、美味(おい)しそうな物ばかりで目移りする。

「そうだ。シャム猫のオススメとかないか？」

せっかくなら、現地民の意見を参考にしたい。

「ん～？　私の好きな物でいーの？　じゃあ、アレしかないかな～？」

にゃふふ……♪　と楽しそうに笑うシャム猫。

俺は彼女に連れられて、商店街の奥へと進む。そして小さなお店に到着。店頭販売のみの店舗だ。

「ここは……串焼きの店？」

「おにーさん。アユ焼いたの、二本ちょーだい」

「はい！　ありがとうございます！」

シャム猫の注文を受けて、手早く用意をする店主。予想以上に立派なアユが、串焼き状態で提供された。

「来たよ、優斗君！　はい、ど～ぞ」

「うおっ……！」

口から串が刺さったアユは、近くで見ると迫力のあるものだった。

「これが私のオススメで～す。さっきの川でとれる天然ものなの」

「へぇ……貴重なものなんだね」

魚とは、いかにも猫らしいオススメである。

でも、確かに美味しそうだった。たっぷり塩が振られて、香ばしく焼けたアユの塩焼き。

「う～ん、おいひぃ～。やっぱり、これが一番なんだよねぇ～」

はむはむ、と早速アユの腹をかじるシャム猫。とっても満足そうな表情だ。

今までこういう食べ方をしたことはないが、このままかぶりつけばいいらしい。俺も同じように食べてみる。

「いただきます……！」

皮ごと、アユの腹をかじる。瞬間、旨味（うまみ）が口いっぱいに広がった。

「これ、うまっ……！」

アユの身が口の中でほろりと崩れる。たっぷり振られた塩がアユの優しい旨味を引き立てていて、予想以上の美味しさだ。

「そうでしょそうでしょ～♪　猫鳴館の皆も大好きなんだよ～？」

アユをかじりながら言うシャム猫。たしかに、彼女がオススメするだけある。一匹丸ごとだと食べ応えもあるし、串焼き特有の情緒もある。満足できる逸品だ。

それに彼女自身も、幸せそうにアユを食べている。

「えへへ。やっぱりおいひぃ……♪　もぐもぐ」

しかし……幸せは長くは続かなかった。

「もぐもぐ……あっ！」

不意に、大声を出すシャム猫。

串焼きの難点。それは、どうしても食べづらいこと。普段から食べ慣れているであろうシャム猫も、うっかりアユの身を落としてしまった。

「そんなぁ……一番脂ののった部分がぁ……！」

落ちた部位を見つめ、涙目のシャム猫。たしかに、かなり大きくて美味しそうな部分だ。しかし道路に落ちた以上、拾って食べるわけにもいかない。

どうしよう……。今の彼女、痛々しくて見てられないぞ。

しかたないな……こうなったら。

「あのさ……俺のと、交換する？」

「えっ？」

自分の塩焼きを、彼女に差し出す。

「その落ちた部分、俺まだ食べてないからさ」

「そ、そんなっ……いいよぉ。優斗君に喜んでほしいんだもん」

「でも、楽しみにしてたんだろ？　俺はそこまで思い入れないし、シャム猫の方で十分だから」

「あうぅ……。で、でも……」

断ろうとしつつも、どうしても目線が俺のアユへと向くシャム猫。

「それにシャム猫が悲しそうだと、俺もイマイチ楽しめないし。だから、俺の為だと思ってさ」

しつこく塩焼きを彼女に差し出す。

すると、ようやく素直になった。

「あ、ありがとう……優斗君。それじゃあ……」

俺のアユを受け取って、その腹を大口でがぶっと食べる。

「はわあぁ～。ここが一番おいしいんだよねぇ～」

満足そうな顔のシャム猫。

「良かったな。それじゃあ俺は、シャム猫が食べてた方を……」

彼女の手からアユを受け取ろうとする。しかし、シャム猫が引っ込めた。

「あれ？　シャム猫……？」

「ふふっ。一人で食べちゃダメ～♪」

シャム猫が、俺の口元にアユを持ってくる。

「アユを交換してくれた、お礼。早く早く、あ～んして？」

どうやら、食べさせてもらえるようだ。素直に従い、口を開く俺。

「あ～ん……」

アユをほお張り、食す俺。もうすでにシャム猫から甘やかされるのは慣れている。

それに素直に甘えた方が、シャム猫も嬉しそうな顔をするし。

「んふふ～♪　甘える優斗君、かわいいにゃぁ♪」

「でも、こんな食べ方してたら、また落ちちゃうぞ？」

「大丈夫だよぉ。食べさせるのは上手だもん。ど～ぞ♪」

促されて、もう一口。まだまだ食べられる部分も多く、旨味が口いっぱいに広がる。

そうして二人でアユを食べた後も、俺たちは色々な温泉街の名物を食した。蜂蜜のソフトクリームや、えび煎餅、牛肉のおやきや、カフェのケーキなど、少しずつ色々なものをいただいた。

「えへへ……食べ歩き、楽しいねぇ～」

「うん。まさに旅の醍醐味だ。……でも、さすがにお腹いっぱいだな」

少しずつでも、腹にたまるものを食べたからか満腹感でいっぱいだ。

「じゃあ、そろそろ趣向を変えよっか。他にも、楽しいことはあるからね～」

シャム猫が俺に手を差し出す。それは、一緒に行こうというサイン。

俺は彼女と手を繋ぐ。二回目だからか、前回よりは緊張はしない。むしろ、不思議と安心感があった。彼女が隣にいる安心感が。

※

シャム猫に連れて来られたのは、革製品のお店の前である。

ウェスタン風のお店の店頭。ここから見えるショーケースには、革製のバッグや、財布などが並んでいる。ここで買い物でもするのだろうか。

と、思ったが違っていた。

「今日はここで一緒に、革製品を作っちゃお～♪」

「えっ？　俺たちで作るの？」

「うん。このお店、レザークラフトの体験ができるの。簡単な作業だけだけどね」

体験型のワークショップか……。たしかに普段できないことをするのも、旅ならではの醍醐味だよな。

シャム猫に連れられ、店内に入る。意外と広く、掃除の行き届いている店内。サボテンのオブジェや樽の置き物、木箱棚などが置かれた中に、革製の商品も混じっていた。

「すみませ～ん。レザークラフトの体験をしたいんですけど～」

「いらっしゃい。では、こちらへどうぞ」

シャム猫が、カウンターにいた初老の店員に呼びかける。

店員は俺たちを店の奥へと案内する。そこには、作業場と思しき机が二つ。

机の上にはそれぞれ、クラフトに使用すると思しき道具が並べられている。ボンドやハンマー、縫い針の刺さった針山に、これから俺たちが使う革。

革はすでに裁断されたものが用意されており、色はレッドとブラウンの二種類があった。

「私の店で体験できるのは、コインケースのクラフトになります。と言っても、女性の方はご存じでしょうが……」

店員が、シャム猫の方をチラリと見る。

「えへへ♪　私、実はここの常連さんで～す♪」

「そうなのか？」

「私ね？　昔から革を加工するのとか好きでさ……。お財布とか、よく作ったの」

「革の加工……？　シャム猫って、職人さん……？」

「そうだよ～。シャムちゃんは職人さんなのです。なんてね～♪」

どやぁと胸を張った後、舌を出して可愛く笑うシャム猫。

「職人じゃなくても、道具さえあれば家でもできるの。ちなみにこのお店なら、革の裁断とか床面の処理とかは済ませておいてくれてるから、初心者さんでも簡単だよ？」

「なるほど……」

工程はよく分からないが、とにかく手軽にレザークラフトができるらしい。

「では、作り方の説明は常連さんにお任せしましょう。邪魔をするのも申し訳ない」

そう言い、カウンターへ戻っていく初老の店員。待ってくれ。この人、俺たちの関係を誤解してないか？

「にゃふふ♪　私たち、どんな関係に見えたんだろーね？」

「さ、さぁ……？　どうだろう……」

シャム猫から目を逸らして答える。

「っていうか、大丈夫なのか？　シャム猫、説明任されてたけど……」

「うん。もちろん♪　これくらいは、何回もやってるからねぇ」

余裕の表情を浮かべるシャム猫。なんというか、頼もしい。

「それじゃあ早速、初めていこっか！　優斗君は、どっちの革を使いたい？」

レッドとブラウン。二つの革をシャム猫が差し出す。

「じゃあ俺は……ブラウンで」

「それじゃあ私は、赤色にしま～す♪」

そして革を選んだ次は、いよいよ作業開始だ。

「まずは、このレザーに金具を取り付けるの。レザーの穴が空いてる部分に金具のホックをはめ込んで～……」

シャム猫が解説しながら、その工程を実践する。レザーの穴にホックをはめ込み、専用の工具やハンマーを使ってホックを打ち込む。そして、コインケースの留め具が完成。

そして次はコインケースを糸で縫い、形を作る段階に入る。コインケースのパーツとなるレザーを両面テープで仮止めし、縫う準備を調える。

それから針と糸を使い、手縫いに入る。

「裁縫なんて、久しぶりだな……。中学生以来かも」

「こういう作業も楽しいよね～。チクチク、チクチク～♪」

慣れた手つきで裁縫をこなしていくシャム猫。一方俺は苦戦しながら、少しずつ針を進めていった。

お互いに、時々口を動かしながら。

「シャム猫は、このお店を見つける前から革細工を作ってたのか？」

「そだよ～。こういう作業好きなんだ～。無心で何か作るのって、いいよね？」

「俺は不器用だから、あんまり得意じゃないけどな。でも、たまにやるのは楽しいかも」

　裁縫とかもこういうワークショップなら、授業より気楽に楽しめるし。

「シャム猫は、今までどんなものを作ってきたんだ？」

「ん～、色々だよ。さっき言った財布もだし、頑張った時はトートバッグも作ったり」

「バッグも……!?　すごいな……！」

「えへへ～。あくまで自分で使う用だから、大した出来じゃなかったけどね」

　それでも、自分で革のバッグなんて作れるんだな……。尊敬だ。

「そういえば……一度、お気に入りの後輩ちゃんに、作ったお財布をプレゼントしたっけ。あの子、未(いま)だに使ってるのかなぁ……」

「お気に入りの後輩？」

　誰だろう。後輩『ちゃん』ってことは女子かな……？　もしかしたら、ミケ猫やシロ猫たちのことかも。よもや……男ってことはないよな……？

　って、なんで俺はそこを気にしてるんだ？　嫉妬してるみたいじゃないか。

「ふぅ～。これで手縫い、終了ぉ～」

「えっ？　早っ！」

余計なことに気を取られていたら、シャム猫が早くも作業を終える。

俺も彼女を待たせないよう、急いで残りの作業を進める。

そして手縫い終了後。最後に糸にボンドをつけて、糸の端を縫い穴に押し込んだ。

「はい、お疲れ様～！　これでコインケース、完成で～す」

ぱちぱちと、シャム猫が祝福の拍手をしてくれる。

「ふぅ……。苦戦したけど、何とかなったたな……」

出来立てのコインケースを手にして眺める。こうしてみると、達成感が凄まじいな。っていうか、可愛い。自分で作った革細工、可愛い。

「よかったねぇ、優斗君。それじゃあ頑張った優斗君に、私からもプレゼント～」

「え？」

気付けばシャム猫が、レザーの手提げ鞄を持っていた。それを俺に差し出してくる。

「実はこれ、前に私が作った鞄なの」

「ええっ⁉」

この鞄も手作りなのか……⁉　すごく立派で、素人目には売り物と遜色ないくらいの出来だ。

「こ、こんないい物もらえないって！　普通に売れそうなレベルだし！」

「いいのいいの。実はここに連れてきたのは、これを渡したかったからなのです」

「これを……？　なんで？」

こんなプレゼント、してもらえる理由は無いと思うが……。

「ほら。昨日から私、ちょっと拗ね過ぎちゃったから。そのお詫びに……ね？」

「えっ……？　そんなこと気にしてたのか？」

「だって私、ちょっと感じ悪かったかなって……。それと単純に、優斗君の喜んだ顔が見たかったの」

「シャム猫……」

まさか、こんなに良いプレゼントを用意してくれていたなんて……。この人は、どれだけ俺に尽くしてくれるつもりなんだよ。

思えば彼女はここに来てから、ずっと俺のことを大切にしてくれていた。

迷子の俺を快く宿に泊めてくれて、温泉で背中を流してくれたり、美味しいご飯を食べさせてくれたり、心地よいマッサージでもてなしてくれたり。果てには膝枕で寝かしつけまでしてくれた。常に俺を癒やそうと、色々なことをしてくれていた。

どうして面識のない俺に、ここまで尽くしてくれるのかは謎だが、彼女と一緒にいる時間はいつも、本当に楽しくて快適だ。

それは間違いなくシャム猫が、俺に本気で寄り添ってくれているからだろう。

「シャム猫……本当にありがとう」

「あはは、大げさ～♪　これくらい、気にしなくていいからねぇ」

「プレゼントだけじゃなくて、いつものおもてなしに関してもだよ。俺からも、何かお礼をさせてくれ」

俺はシャム猫から鞄を受け取る。

その代わりに、自分で作ったブラウンのコインケースを差し出した。

「えっ……？」

「このコインケース……受け取ってくれ。出来は良くないだろうけど」

これでは、彼女のプレゼントとは釣り合わないだろう。そもそもシャム猫だって同じものを作っていたわけだし。

でも、今渡せるものはこれしかない。せめて感謝の気持ちだけは、思いっきり込めて彼女に差し出す。

「いいよ、いいよぉ～。優斗君がせっかく初めて作ったんだよ？　受け取るの、悪いもん」

「悪くない。むしろ、シャム猫に持っててほしいんだ」

俺の中でシャム猫の存在は、一番大きなものになってる。だから俺だって、シャム猫のことを大事にしたい。

「もちろん、迷惑なら無理にとは言わないが……」

「ううん！　迷惑なんかじゃないけど……いいの？」

「もちろん。俺もお礼がしたいんだ」

そう言うと、シャム猫は嬉しそうにはにかんだ。

そして、コインケースを受け取ってくれる。

「えへへ……ありがと。優斗君。これ、絶対に大事にするね！」

「俺も、一生大事にするよ」

お互いに、そう誓いを交わす。

そしてなんだか今までよりも、彼女との仲が深まった気がした。

※

「えへへ……優斗君からのプレゼント～♪」

「全然大したものじゃないけどな……。ってかこの鞄、本当に立派だな」

革細工の品を贈り合った後。

俺とシャム猫はそろそろ宿に帰ることにして、また手を繋いで歩いていた。

しかし……。

「ん？　冷たいな……」

鼻先に雨粒が当たる感覚。直後、サーっと雨が降り出した。

「いきなりだな……通り雨か？」

「大変……！　早く帰らないと」

シャム猫が俺の手を引いて駆け出した。すぐに猫鳴館に戻るつもりだろう。

だが来た時のことを考えると、まだ宿までは距離がある。走ってもすぐにはつかないはずだ。

それに、雨脚もすぐに強まる。通り雨というより、感覚的にはゲリラ豪雨だ。

「はぁっ……はぁっ……！　ううっ、寒いよぉ……！」

俺の手を引くシャム猫が、寒さで震えているのが分かる。冷たい雨に、体温を奪われてしまっているのだろう。

このままじゃ、宿に帰る前に風邪を引いてしまう。どこかで雨宿りしなくては！

「シャム猫！　こっちに来てくれ！」

「えっ……キャッ!?」

俺は彼女を引っ張って、すぐ近くに見えた建物に入る。『休憩所』と看板の出ていた建物だ。

おそらく温泉街巡りをしに来た客の、休憩用の場所なのだろう。小さな小屋の中には囲炉裏があり、座布団(ざぶとん)が用意されている。狭いが、最低限くつろげそうな空間だった。

「雨が止(や)むまでここにいよう。何か拭くものを探さないと……」

俺は玄関先でシャム猫を待たせて、先に小屋の中に上がる。そして囲炉裏に火をつけた後、小さなタンスから新品のタオルを発見した。

「シャム猫、こっちに。頭拭くから」

「ひゃうっ」

彼女の頭にタオルをかぶせて、丁寧に水分を拭いていく。

シャム猫の髪は長いため、すぐにふき取るのは無理そうだ。

「ゆ、優斗(ゆうと)君いいよぉ～。髪くらい、自分で拭けるから……」

「でも、それだけ長いと自分だけじゃ拭きづらいだろ？　それに、早く拭かないとますます体が冷えるから」

「それは、そうかもしれないけど……くしゅん！」

ぶるっと体を震わせるシャム猫。

「やっぱり、冷えてきてるな。急いで拭いたほうがいい」

「でも……濡れてるのは優斗君だって……」

「俺は大丈夫。そんな寒くないし」

決して手荒にならないように、ごしごしと髪を拭いていく。頭のてっぺんから先にかけて、できる限りの水分を拭きとる。

「よし……！　とりあえず、頭はこんなもんでいいかな……」

「あ、ありがとう優斗君……」

「待って。ついでに、背中とかも拭くから」

雨脚が強くて、俺たちは全身びしょ濡れだ。後ろは手が届かないし、せめて背中は拭いてあげたい。

「ううん、それはいいよ！　体の方は自分で拭くから」

「遠慮しなくていいよ。ついでだし」

俺だって、いつも色々やってもらってるし。たまにはシャム猫の役に立ちたい。

「で、でも……本当に大丈夫だよ？　それに、自分で拭きたいって言うか……」

「自分で……？　なんで？」

「だって、その……」

言葉を詰まらせるシャム猫。しかし、言いにくそうながらも口を開く。

「服……雨で透けちゃってるし……」

「あ……」

思わず視線が、シャム猫の体に。すると彼女の着物が透けて、体のラインが薄っすら見えてしまっていた。

うつむきがちになり、自身の体を隠すシャム猫。しまった。これはやってしまった。

「ご、ごめん！　タオルどうぞ！」

「あははは……うん。ありがとぅ……」

俺からタオルを受け取って、体を拭き始めるシャム猫。俺はその姿を見ないようにしながら、自分の頭をごしごしと拭いた。

そして互いに体を拭き終わる頃には、囲炉裏で部屋が暖まってきた。

「えっと……とりあえず、こっちで暖まるか？」

「あ、うん……！　じゃあ、そうしようかな」

さっきの件で少し気まずい雰囲気の俺たち。しかし囲炉裏で暖をとり、それも和らぐ。

「はぁ……あったかぁい……。優斗君、ありがとぉ。おかげで助かっちゃったかも」

「いや。たまたま休めそうな場所を見つけただけだし」

しかし、思ったよりいい休憩所で良かった。暖をとれるし、座布団もフカフカでくつろげる。

「とりあえず、雨が止むまでここで休んでいこう」

「そうだねぇ……ふぅ。さむ、さむむ……」

まだ体が冷えているらしい。雨も完全にふき取れたわけじゃないだろうから、当然か。

とりあえず、囲炉裏の側にいてもらうしかない。それ以上暖める方法は無いし……。

いや、待てよ。一つだけあるぞ。彼女を暖める方法が。

少し恥ずかしいが……多分シャム猫なら、嫌とは言わない。

「シャム猫、ちょっと隣行くから」

「えっ？　ええっ……!?」

俺は座布団ごと彼女の隣に移動した。そして、シャム猫の肩を抱いた。

「いきなり、どぉしたの？　甘えたいの……？」

「いや、そうじゃなくて……この方が、シャム猫が暖まるかなって」

「私が……？」

驚いた顔をするシャム猫。次いで、頬を染めながら首を横に振る。

「だ、ダメだよぉ、優斗君……！　私の服、まだ濡れてるし。優斗君まで寒くなっちゃう」

「俺は大丈夫だから。シャム猫が嫌じゃなければ……」

　確かめるように、抱き寄せる腕に力を込める。

　するとシャム猫は、優しく笑う。

「ふふっ……。優斗君、本当に優しいんだね？　お姉さん、ちょっとドキドキしたかも」

「そういう冗談はいいから。とにかく、ちゃんと暖まってくれ」

「冗談じゃないんだけどなぁ……。じゃあちょっとだけ、甘えちゃおっかな……？」

　シャム猫が自分から俺に体を寄せる。その肌は、やはり俺より冷たい。

　だがこちらが冷たいのなら、シャム猫は温かさを感じているはず。

「えへへ……優斗君の体温、安心するなぁ……」

「そうか？　良かった」

　こうして頼られるのは、やはり嬉しい。

「本当は私が甘やかす側なのに……こんなの、気持ち良すぎるよぉ」

　ますます身を寄せるシャム猫を、俺は黙って受け入れた。

　そうしてしばらく、俺たちは身を寄せ合って暖をとる。お互いの体温のおかげもあってか、ほどなくして寒さはなくなった。

　しかし暖かくなってくると、代わりに別の問題が生まれる。

「んぅ……ふわぁ……。なんだか、眠くなってきちゃったぁ……」

「ちょうどいい暖かさだからなぁ……。シャム猫、ちょっと寝ていいぞ」

「うゆ……本当に？」

「ああ。どうせまだ雨も止まないし。少し休憩しててくれ。今、適当に座布団を敷くから」

　さすがにちゃんとした布団は無いが、仮眠なら座布団で十分だろう。

　だが、シャム猫が俺の動きを制する。

「待って、優斗君……。どうせなら……」

「え？」

　シャム猫が、おもむろに寝転んだ。俺の膝を枕にするようにして。

「んっ、おぉ……。男の子の膝って、案外硬いねぇ……。でも、私的にはちょーどいいかも」

「シャム猫……？　なんで？」

「せっかくなら、とことん甘えちゃおっかなぁって。えへへー」

可愛(かわい)らしく破顔するシャム猫。

「うにゃあ……きもちぃー……。膝枕、しゅき……。えへー。やっぱネコも、ダラダラまたーりせんといけないよねぇ。真面目に生きるなんてノンノン♪」

膝枕……やってもらったことはあっても、自分がするのは始めてだ。

「でも、ここで本当に寝られるのか？」

「ふわぁ……もちろん、ぐっすり寝られそうだよぉ……。優斗君の匂いで、いっぱいで……ふへへへへ……」

「まぁ、それなら別にいいけど……」

とろんとした顔つきのシャム猫。ここまで気持ちよさそうなら、このまま寝かせてあげるとしよう。

俺は、シャム猫がすぐ眠れるように、彼女の頭を優しく撫(な)でた。

いつも、シャム猫が俺にそうしてくれるように。

「ふへへ……。優斗君のなでなで、きもちぃ……。癒やす才能があるのかも……」

「そんなこと無いぞ。俺は、シャム猫のマネをしてるだけだ」

「じゃあ、私の才能かにゃ……？　えへへぇ……」

少し調子に乗ったような笑顔も可愛い。俺はもっと彼女を撫でる。

「くあぁ……むにゃむにゃ……。落ち着くなぁ……。優斗君のお膝……すっごく良い……」

少しずつ、シャム猫の声がゆったりしていく。今にも寝てしまいそうな声だ。

「いつでも寝てくれ。雨が止んだら起こすから」

「ありがとぉ……。あのさぁ……なんてゆーかさぁ……」

シャム猫が、ゆっくり言葉を続ける。

「本当はねぇ……。ここにいるネコは……こんな気楽じゃ、ダメなんだよねぇ……。もっと……頑張らないと、いけないの……。ホントは分かってるんだぁ……でもね……？　君といるのが、楽しくて……。ついこんな風に……ゆったりしちゃうの……」

口を動かしながら、彼女は静かに目を閉じる。

そして、不思議なことを言った。

「私、本当に嬉しいんだよ……？　またこうやって、キミと楽しく過ごせるなんて……」

「え？」

今のは、どういう意味だろう……？　その言い方だと、まるで以前にも俺とシャム猫が、一緒にいたかのように聞こえる。

俺の記憶はまだ曖昧だが……さすがに、俺の住んでた世界には『猫娘』なんていなかったはずだ。どういうことなのか、分からない。

「えへへ……何の話か、わかんないね……？　いいんだよ。いいんだよぉ……」

ゆったりした声で、続けるシャム猫。

「とにかく私はずっと、優斗君と一緒にいたいの……。だからぁ……これからもぉ……よろしくねぇ……」

そこまで話して、口を噤むシャム猫。

ほどなくして、すぅ……すぅ……と寝息を立て始めた。

「寝ちゃったか……。可愛いな……」

初めて見るシャム猫の寝顔に、口から素直な感想が漏れる。

しかし……。

「またって……どういうことなんだ？」

やはり、引っかかる彼女の言葉。しかし、いくら考えても分かるわけもない。

そしてシャム猫の安らかな寝顔を見る内に、俺もいつの間にか眠りについた。

第七章　いつでも一緒に

あの後無事に雨は止み、俺たちは一緒に猫鳴館へと帰ることができた。

そしてデートから一夜明け。俺は自分の客室で、外の景色を眺めながらシャム猫が来るのを待っていた。

「遅いなぁ……シャム猫……」

すでに朝日はすっかり昇り、紅葉で染まった山を明るく照らしている。いつもならとっくに朝食を持って、尋ねてきてくれている時間だ。

「なにしてるんだろ……寝坊かな……？」

昨日はお互い、外を歩き回ってそれなりに疲れた。いつもより遅起きになってもおかしくはない。

まぁ、今日は気長に彼女を待とう。そう思い、座椅子に腰かける。

その時、ちょうど部屋の戸が開いた。

「おはようございます、お兄様。朝食を持って参りました」

「あれ……？　シロ猫……？」

シャム猫かと思ったが、違った。

シロ猫が俺の食事を持って来てくれた。

「遅くなってごめんね？　今日、ちょっと色々ごたごたしてて……」

「いや、それはいいけど……珍しいな？　シロ猫が食事を持ってくるなんて」

いつも配膳はシャム猫がしてくれていた。そして俺が食事を終えた後は、そのまま彼女がおもてなしをしてくれる流れだ。

「今日、シャム猫はどうしたんだ？　休みか？」

「あ～……やっぱり、気になりますよね～……」

バツの悪そうな顔をするシロ猫。その表情に、不安がよぎる。

「どうしたんだ……？　シャム猫、なにかあったのか？」

「え～っと……そんなに大したことじゃないんだけど……ちょっと今日は、風邪を引いちゃったみたいです」

「風邪……!?」

シロ猫によると、シャム猫は今朝から熱が出て、部屋で寝込んでいるようだ。今は他の猫娘たちが彼女の看病に当たっていて、俺の食事はシロ猫が運んでくれたということだった。

「シャム姉さん、最近とっても張り切ってたから、疲れが出ちゃったんじゃないかな……。お兄様へのおもてなし、すっごく頑張ってたんですよ？　夜にお兄様と離れた後も、他の猫娘相手にマッサージの練習をしたりして……」

「そうだったのか……？」

「はい。私もびっくりしちゃいました。シャム姉さん、普段はのんびりした猫娘ですから。でも、ちょっと頑張りすぎちゃったんですね」

だとしたら、シャム猫の風邪は俺が原因だ。俺が彼女に色々とおもてなしをさせてしまったせいだ。

それに昨日、雨の中を歩かせてしまったのも原因だろう。せめてあの後、もっとちゃんと彼女を暖められていれば……。

くそっ……！　あれだけ人に迷惑をかけるのは嫌だったのに、ついつい彼女に甘えてしまった……。

「あ、あの……お兄様？　大丈夫ですかぁ……？　そんなに心配しなくても、きっとすぐによくなりますよ～？」

黙り込む俺を心配している様子のシロ猫。

そんな彼女に、俺は聞く。

「シロ猫……。シャム猫の部屋に案内してもらえるか？」

「え？」

「お見舞いに――というか、看病をしに行きたいんだ」

俺は座椅子から立ち上がる。こうなった以上、せめて今彼女のためにできることをしてあげたい。

しかし、シロ猫は慌てて止める。

「あ！　お兄様、それはダメ！」

「ダメ……？　なんでだ……？」

「シャム姉さんが、ダメって言ったの。万が一風邪がうつったら困るから、優斗君には来ないように言ってって……」

「そんな……」

自分が風邪を引いた時まで、シャム猫は俺を気遣ってくれているのか……。

「だから、お兄様は気にせずに部屋にいて？　今日のおもてなしは、私が担当しますから」

「………」

俺の腕を下に引き、座るように促すシロ猫。

だが、シャム猫の気遣いを聞いたら、余計に行くしかなくなった。

「シロ猫、俺は大丈夫だから。シャム猫の部屋を教えてくれ」

「だ、ダメだよぉ〜！　私が怒られちゃうよ〜！　お願いだからここにいて？　私、なんでもおもてなしするから！　肩たたきもマッサージも上手だよ？　ね、ね？」

すり寄り、甘えてくるシロ猫。でもこればかりは譲れない。

「ごめん……シャム猫を放っとくなんてできない。シロ猫が教えられないなら、俺は自分で探しに行くよ」

「うぅ……。もう……強情なんだからぁ〜……」

むーっ、と拗ねたような顔になるシロ猫。しかし、俺の気持ちが固いと分かったのか、最後は諦めてため息を吐いた。

「分かった……。それじゃあ、私に付いて来て。シャム姉さんのお部屋に案内するね」

※

――夢を見ていた。

それはシャム猫の夢の中。昔の、彼女の夢の中だ。

シャム猫がシャム猫になる前の、猫娘になる前の夢……。


「ゆ～う～と～くぅ～ん。あっそびーましょー？」

マンションの一室。そのインターホンを鳴らして、子供のような誘い文句を口にする女性がいた。

十数秒ほどの間を置いて、玄関の戸が開かれる。

「先輩……！　いきなりどうしたんですか？」

「ん～？　遊びのお誘いだよ？　じゃーん♪」

そう言い、持っていた袋を優斗に掲げる。中には、缶ビールやお菓子、おつまみなどが入っていた。

「一緒にプチ宴会、しよぉ？」

「いや、あの……俺、未成年で飲めないんですけど……」

「だいじょーぶ。ちゃぁんとジュースも買ってあるから。ね？」

ニコニコ笑顔で言う彼女。

一方優斗は、「しょうがないなぁ……」と言わんばかりにため息を吐く。しかしその顔は嫌そうというより、むしろ少し嬉しそうだった。

「じゃ、上がってください。ちょうどいま、親は仕事でいないので」

「は〜い♪　優斗君、ありがとね？」

ブーツを脱いで上がり込む彼女。

優斗は彼女を六畳ほどの自室に案内。彼女をデスクチェアに座らせて、自分はベッドに腰かける。

そして優斗はジュースを、彼女はビールを手に持った。

「それじゃあ、いっくよ〜♪　かんぱ〜い♪」

「乾杯……」

お互い、缶を合わせて飲み物を飲む。先輩と呼ばれたその女性は、「くふー」と可愛らしく息を吐く。

「久しぶりのビール、美味しいなぁ〜。あ、そうそう。お菓子も買ってきたんだぁ〜。柿の種に〜、カルパスに〜、チーズスナック〜♪　優斗君も、いっぱい食べてね？」

「あ、ありがとうございます……」

女性らしくない組み合わせに、こっそり苦笑を漏らす優斗。

「あ。優斗君、今女らしくないって思ったでしょ〜？　でも残念。ちゃぁんとポッキーとかも買ってありま～す」

「あ、そうなんですか……」

「よかったら、お食べ？　はい、あ～ん」

彼女が苺味のポッキーを優斗に一本差し出した。

「あ、いや……。いただけるなら、自分で食べますよ？」

「はい、あ～ん♪」

無視して、笑顔でポッキーを差し向ける彼女。

どうやら、ただ食べさせたいだけらしい。優斗は諦めてポッキーをかじる。

「あ～ん……」

「は～い。よくできましたぁ～。ふふっ♪」

早くも酔ってきているのか、からかうように笑う彼女。

恥ずかしくなり、優斗は唐突に話題を変えた。

「でも、本当にどうしていきなり？　もしかして、仕事の件で何かありました？」

優斗と彼女は同じペットショップで働いており、バイトの先輩後輩だった。こうして仕事外でも話すほどには、良好な関係を築いている。

「ううん。そんなつまんない話じゃないよぉ。仕事のことなら、電話かラインで済ませち

「ゃうしね」

「じゃあ、どうして……」

「ただ、ちょっと気になっただけだよ。優斗君、今何してるかな〜って」

チビチビとビールを飲みながら言う彼女。

「優斗君、最近バイトにあまり来ないでしょ? お姉さんとしては、少し心配だったんだよねぇ。ちゃんと元気に生きてるかな～って」

「すみません……。俺も受験生になったので、勉強の方に集中しなくちゃいけなくて」

進級してからシフトに穴をあけることが増えて、優斗も責任を感じていた。

しかし、先輩の女性は気にせずに言う。

「大丈夫だよぉ。分かってるから。受験生は大変だねぇ～」

椅子を動かし、優斗の元に寄る先輩。そして、彼の頭を撫でる。

「毎日勉強して、えらいえらい。よしよし」

「せ、先輩……。やめてください、恥ずかしいです……」

「ふふっ……赤くなっちゃって、可愛いね♪」

からかうように言う先輩の女性。そして、またビールを口にした。

「ふぅ……。あ、もしかして勉強のお邪魔だった？　それなら、すぐに帰るけど……」

「いえ。今日の分はもう終わりました。ずっとやってたから、集中力も切れちゃいましたし」

「そっか～。受験って、大変だよねぇ～。毎日勉強させられてさぁ。授業だけでもめんどくさいのに、朝早くから特別講義もあったりしてさ。もうほんと、嫌になっちゃうよねぇ～」

「あ。やっぱり、先輩も受験苦労したんですか？」

「もちろん。でも私は、これでも優秀でしたから？　講義もそれなりにサボってたけどね～」

ふふん、と余裕の笑みを浮かべる彼女。

「おぉ……。先輩って頭いいんですね。じゃあ、良かったら勉強教えてくれませんか？」

「えぇ～？　それは面倒くさいからやだなぁ～。その代わり、応援だったらいっぱいするよ？　フレー、フレー♪　頑張れ、頑張れっ♪」

「いや、あの……応援よりも具体的な助力を……」

「あははっ。大丈夫大丈夫～。優斗君なら受かるから♪」

そんな風に話をしながら、二人はお菓子と飲み物を味わっていく。優斗にとっても彼女にとっても、それは楽しい時間だった。

しかししばらく経った頃。

酔って顔を赤くした先輩は、優斗に一つ質問をした。

「ねぇ、優斗君。君、どうして私を避けてたの？」

「え……？」

不意に投げられた質問に、優斗は何も答えられず固まる。

「いや……俺別に避けてなんて……」

「嘘。私、見てればわかるもん。バイトを始めたばっかりの頃、優斗君、私を避けてたよね？」

「……！」

図星だった。言葉を返せず固まる優斗。

「あの頃の優斗君、ひどかったよぉ〜。話しかけても無理に笑顔を作っててさ……バイト中でも、できるだけ話しかけられないように距離を置いてる感じだったもん。アレ、結構ショックだったんだからね!?　あの下手くそな作り笑い－！」

「ご、ごめんなさい……！　でも、落ち着いて……」

まさかバレていたとは……と、優斗は小声で呟いた。

「一年くらい経って、今は少しずつ普通に話すようになってくれたけど……いまだに引っかかってるの。優斗君がどうして、私を避けていたのかを」

「それは……」

「だから、もしよかったら聞かせてくれない？」

じっ、と真剣な目で優斗を見つめる。

優斗は少しの間考える。理由を彼女に明かすべきかどうかを。

しかし先輩の、どこか自分を心配するような表情を前に、誤魔化すことはできなかった。

彼はゆっくりと口を開く。

「俺は……ただ、怖かったんですよ」

「怖かった……？」

「はい。先輩に迷惑をかけることが……。ハッキリ言うなら、先輩のことを失うことが……」

優斗の言葉に、怪訝な顔をする先輩。

「実は……なぜか俺が好きになった女性は皆、早くに亡くなってしまうんです」

「え……？」

「妹も、友達も、みんなみんな……。俺が好きになった人に限って、俺の元からいなくなってしまう……」

それは冗談ではなく、真実だった。

優斗は小さい頃からずっと、大切な人を失い続ける経験をしてきた。妹は家族でハイキングに行った際に失踪したし、幼馴染の女の子は、デートに誘った日に亡くなった。

「そんなことが続いたから……俺はできる限り人に、特に女性には近づかないようにしてるんです……」

「…………」

優斗の告白に、黙り込む先輩。とても気まずい空気が流れる。

だから優斗は、正直この話をしたくなかった。

それに、きっとこれを聞いたら彼女も引く。信じるにせよ信じないにせよ、こんなことを真剣に語る人からは、距離を置こうとするだろう。

でも……ある意味それでいいのかもしれない。

今後先輩が自分から離れれば、彼女まで危険な目に遭うことはなくなる。何も迷惑をかけなくて済む。

優斗はそう思い、暗い気分を立て直そうとする。

しかし、彼女は予想と違う行動を取った。

「大丈夫だよ、優斗君。私はいなくなったりしないから」

先輩が優斗の手を握る。両手で優しく包み込むように。

「え……？」

「ずっとずっと、優斗君の側にいる。だから、安心していいよ？」

予想外の、思いやりに満ちた温かい言葉。優斗は彼女の顔を見る。

「先輩……。引いたりしないんですか？　っていうか、怖くないんですか……？」

「ん～……別にかなぁ。あ、信じてないわけじゃないからね？　ただ、怖いというより、不思議だなぁって思うだけ」

けろっとしている彼女の反応に、むしろ優斗が呆気にとられる。

「そっかぁ、そういうことだったのかぁ……。ごめんね？　変なこと聞いちゃって……。嫌なこと、思い出させたよね？」

「いや……別に、そんなことは……」

「でも、大丈夫だから。私は君の側からいなくならない」

お酒が入っているからなのか。彼女は優斗を抱きしめる。

「……！」

「だから、もう安心してね？　万が一、また優斗君の大事な人に何かがあっても……私だけは、ずっと側で君を支えてるから……」

そう言いながら、優斗をさらに強く抱く彼女。

彼女が猫娘（ねこむすめ）になったのは、それからしばらく後のことだった。

※

「——ん、んむぅ……」

暑さと息苦しさで目が覚める。それと同時に、すごいだるさに襲われた。

なんか……体がふわふわするなぁ……。そういえば私、熱が出ちゃって寝てたんだっけ
……。

「あ。目が覚めましたか？　シャム猫さん」

声がする……。顔を向けると、ミケちゃんが隣に座っていた。

「ミケちゃん……私……」

「あ、無理して動かないでください。まだお熱、下がってないんですから」

そっか……ミケちゃんが看病してくれてたんだ……。迷惑かけて、悪いなぁ……。

「シャム猫さん、何か飲みますか？　水とか……スポーツドリンクがいいですかね？」

「ありがとぉ、ミケちゃん。ごめんね？　看病なんてさせて……」

「何言ってるんですか。困ったときはお互い様です」

ミケちゃんが、ストロー付きのコップを口元に運んでくれる。咥えて飲むと、冷たいスポーツドリンクが体に染みこんで爽快だった。

「はぁ～……おいしい。風邪引いた時のスポドリって、どうしてこんなにおいしいんだろう……」

「あはは、分かります。ちょっと失礼しますね？」

私の額に手を当てるミケちゃん。

「あぅ……。やっぱりまだ熱ありますね……。シャム猫さん。調子はどうですか？」

「う～ん……正直、まだだるいかなぁ……」

「食欲とかは？」

「あんまりない……けど、何か食べたほうがいいよねぇ～」

食べないと栄養つかないし、治りも遅くなっちゃいそう。早く治して、優斗君の所に行きたいんだけどなぁ……。

「それじゃあ、おかゆはどうですか？　すぐに用意できると思います」

「ほんと……？　ありがと～。それなら食べられそうだよぉ」

「じゃあ、早速作ってきますね」

ミケちゃんが立ち上がる。その後、不意に聞いてきた。

「ところで、シャム猫さん。今さっきうなされてましたけど……何か怖い夢でも？」

「え……？　あ、うん……。大丈夫。昔の夢を見てただけだから……」

「そうですか。なら、良かったです。では」

「うん……またね……」

ミケちゃんが静々とふすまを開けて出ていく。

そして一人になった私は自然と、さっきの夢のことを考える。昔の夢……。優斗君が……そして私が、猫鳴館に来る前の夢。

「ごめんね、優斗君……」

私はあの子に黙っていた。ここの決まりで、本当のことを言えないから。

優斗君がここに来たのは、たまたま迷い込んだからじゃない。明確な理由が、そこにはある。

優斗君は選ばれたんだ。この猫鳴館の、マレビトに。優斗君は猫鳴館にとって――そして私たち猫娘にとって、すごく特別な存在だから。

だってここにいる猫娘は、全員……。

「シャム猫ー！　大丈夫か!?」

突然、部屋のふすまが開いた。

※

「お兄様～、そんなに大声出しちゃダメだよ～。シャム姉さん、今は寝てるかもしれないし……」

「あ、そっか……！　しまった……」

呼びかけながらふすまを開けた後。今更自分の失敗に気が付く。

中を見ると、シャム猫が布団に横になっていた。

「あれ……優斗君……？　それに、シロちゃん……？」

きょとんとした様子でこちらを見るシャム猫。

「ごめん、シャム猫。起こしちゃったか……？」

「う、ううん。ちょうど起きてたから……それより、どうして優斗君が？　私、今風邪引いちゃってて……」

「知ってる。だから看病に来たんだよ」

そう告げると、シャム猫が「えっ？」と驚いた顔になった。

「ごめんね、シャム姉さん。お兄様、行くって聞かなくて……」

「そんな……ダメだよ！　もしも風邪がうつったらどうするの？」

案の定、俺を心配し遠ざけようとするシャム猫。

でも俺は、絶対にこの部屋から出ない。

「大丈夫。俺はもう、ここに来てから十分休ませてもらったから。免疫力も十分だし、風邪なんて簡単に引きっこないよ」

「でも……」

「いいから。とにかく横になってくれ」

シャム猫の肩を押し、やや強引に布団へ寝かせる。

彼女はやはり不服そうだったが、風邪のせいで力が出ないのか、強く抗議はできない様子だ。

「それじゃあ、私はお仕事に戻るね？　二人とも、どうぞごゆっくり～」

代わりに、シロ猫が部屋から出ていく。そんな彼女の背中を、シャム猫はジト目で見続けた。

「シロちゃんめ……。あとでお仕置きしないとね～……」

「やめてあげて。俺が強引に部屋を聞き出しただけだから」

「だって～……。優斗君には、来てほしくなかったんだもん……」

「だから、風邪がうつる心配はないって」

「う～ん……それもあるんだけど……」

なにやらシャム猫が言いよどむ。

だが俺がじっと彼女を見ていると、顔を赤くしてこう言った。

「弱ってるところ……優斗君に見られたくなかったんだもん……」

「……っ！」

なんだ、その可愛い理由は。布団で口元を隠して照れている様子も、抱きしめたくなるほど愛らしい。

「私、優斗君の前では頼れる完璧なお姉さんでいたかったのに～……！」

「大丈夫。それは大丈夫だから。とりあえず、静かにしていよう？」

騒いで風邪が悪化したら、俺が来た意味がなくなってしまう。乱れていた布団を直し、安静にするよう彼女に促す。

「むぅ……優斗君。今日の私のことは、この後ちゃんと忘れなきゃだめだよ？　覚えてたら、承知しないからねぇ～……？」

「わ、分かった。すぐに忘れる……」

いつも優しいシャム猫が、この時だけは少し怖かった。寝込んだ姿を見られることが、よっぽど恥ずかしいようだ。

「っていうか……ごめんシャム猫。こうなったのも、そもそも俺のせいだよな……」

「え？」

不思議そうに首をかしげるシャム猫。

「だって、シャム猫は俺をもてなすために色々頑張ってくれたんだろ？　それに昨日も、俺と出かけたせいで雨に降られて……」

「違うよ、優斗君。風邪引いたのはたまたまだもん。それに、私は好きで優斗君のおもてなしをしてるの。だから、責任は感じないでほしいな」

「シャム猫……」

熱でのぼせたような顔をしつつも、彼女は俺への気遣いを忘れない。

「それより、優斗君は大丈夫？　昨日、優斗君も雨で濡れちゃってたけど……」

「あぁ。俺は大丈夫。シャム猫のおかげで、毎日ちゃんと休めてるから」

「そっかぁ。よかった」

にへら、と頬を緩めるシャム猫。本当にこの人は、思いやりの固まりだ。

「それじゃあ、ちょっと待っててね～。今、お茶でも淹れるから」

「え？　おいおい！　待って待って待って！」

何を思ったのか、おもむろに立ち上がろうとするシャム猫。

俺はそれを必死に止める。

「何やってんだ⁉　なんでお茶なんか……！」

「だって、優斗君が来たならおもてなししないと。いっぱい甘やかしたげるからねぇ……」

「あのなぁ……！　俺は看病に来たんだって！　それじゃ本末転倒だろ！」

「でも、お茶くらいは淹れないと……ふぅ」

「ああもう！　やっぱり、辛そうじゃないか！」

立ち上がろうとしてフラついたシャム猫の体を支える。そして、もう一度布団に寝かせた。

「あうぅ……ごめんね？　優斗君……。私、ちょっとダメみたい……」

「分かってるよ。だから、寝てていいんだって」

彼女の額に浮かんだ汗を、乾いたタオルで丁寧に拭く。

「シャム猫は、もっと休んでいいんだよ。今日までいっぱい、俺のために頑張ってくれたんだから。休んでも誰も怒らない」

「え……？」

それは、前にシャム猫が俺に言ってくれたセリフだった。『休んでも誰も怒ったりしないよ？　優斗君は今までいっぱい、頑張って生きてきたんだもん』。その言葉に、俺は本当に救われた。だから俺も、彼女に同じ言葉を伝えたい。

「疲れが取れるまで、無理しないでくれ。シャム猫はもう、頑張らなくていいんだからさ」

「優斗君……」

「だから今日くらい、俺に甘えてくれ。日頃の恩も返したいしさ」

「うん……うん……！　ありがとぉ……」

瞳を潤ませ、シャム猫が俺の手を握る。俺も優しく手を握り返した。

※

それから俺は宣言通り、シャム猫の看病に勤しんだ。

まずはミケ猫が作ってきてくれたおかゆを、冷ましながらシャム猫に食べさせる。

「ふーっ……ふーっ……。はい、あ～ん……」

「あ〜ん……」

小さな口を開き、ゆっくりおかゆを口にする彼女。

「もぐもぐ……。はぁ……おいしい……。体の中からあったまるよぉ〜」

「ミケ猫、ショウガを入れてくれたみたいだな」

猫娘（ねこむすめ）たちはみんな、おもてなしや気遣いの達人らしい。

「風邪の時はやっぱりショウガだよねぇ〜。それと、りんごをすりおろしたやつ」

「へぇ……それは食べたことないなぁ……」

「おいしいよ〜。今度、優斗（ゆうと）君がダウンしたら作ってあげるね？」

「それはありがたいな。風邪を引いた時の楽しみができた」

またおかゆを掬（すく）い、少しずつシャム猫に食べさせていく。

「なんか、前の時とは逆だね……？　食べさせてもらう側は、なんかちょっと恥ずかしいかも……」

熱で火照った頬をより赤くし、もじもじと照れた様子のシャム猫。

普段は見れない彼女の表情に、俺も自然と口元が緩む。

「そういえば、俺も夕食とか食べさせてもらったっけ。あの時の刺身、美味（おい）しかったな」

「えへへ……治ったら、また食べさせてあげるね？」

「ありがとう。でも、今度は普通に自分で食べるよ。俺も、やっぱり恥ずかしいし……」

「だ～め。君を甘やかすの、楽しいんだもん♪」

熱を出しながらも、笑顔を絶やさず会話するシャム猫。彼女の心の強さを感じた気がする。

「さて……。それじゃあ、あとはゆっくり寝てくれ。また様子を見に来るから」

食事を食べて、ちゃんと体を暖めて寝る。そうすれば、明日にはきっと良くなるはずだ。

俺は邪魔にならないよう、いったん部屋から出ようとする。

「あ……ちょっと待って。優斗君」

「ん？」

「もしよかったら、一つお願いしてもいいかな……？」

さっきの俺の言葉がきいたのか、珍しくシャム猫から頼んでくれる。

俺は喜んで頷（うなず）いた。

「もちろんだ。なんでも気軽に頼んでくれ」

「ありがとぉ。それじゃあ……体を拭いてもらっても、いいかな？」

「は……？」

まさかの要求。予想外の方向から剛速球が飛んできた気持ちだ。

「おかゆ食べたら、汗かいちゃって……。寝る前にどうにかしたいんだけど……」

「で、でも……俺でいいのか？　そういうのは、同じ女性に頼んだ方が……」

「他の子たちも、みんな忙しいと思うんだよねぇ……。だから、お願いできたら嬉しいにゃぁ……」

弱々しい声色で、目を潤ませながら頼まれる。

確かに、汗をかいたまま寝るのは気持ち悪いだろうし、衛生的にも問題がある。異性の肌を見るのは良くないが、体を拭くのは必要なことだ。

「わ、分かった。任せてくれ」

すぐにお湯とタオルを用意する。そして彼女には布団の上に座ってもらい、俺は彼女の後ろにスタンバイ。

「ありがとう……それじゃあ、よろしくね？」

「あ、あぁ……！」

シャム猫が服をゆっくりと脱ぐ。身に纏っていた着物がはだけて、彼女の白くて綺麗な背中が晒された。

「……！」

俺は思わず、緊張で固まる。しかし、これはあくまで看病だ。やましい気持ちを抱いてはいけない。

思い直し、俺は気を引き締める。

「じゃあ、失礼します……！」

シャム猫の背中をお湯につけて絞ったタオルで擦る。以前シャム猫に背中を洗ってもらったときのように、力を入れすぎずに汗を拭く。

「んっ……くぁっ……あったかぁい……」

どうやら心地良いようで、シャム猫の口から吐息が漏れる。

「大丈夫か？　痛くないか？」

「うん……とっても気持ちいいよぉ～……♪」

力加減は問題ないようだ。ならばと、俺は肩から腰にかけてを、ごしごし擦って汗を拭く。

そして一通り拭き終わったら、もう一度タオルをお湯につけて絞った。その後、再び背中全体を拭く。

「あっ……ふぁぁぁ……！　んっ、くぅぅっ……！」

暖かくて気持ちいいのか、それともくすぐったいからか。何度も声を漏らすシャム猫。

なんだか、その声に艶(あで)やかな響きを感じてしまうが……全力で考えないことにする。

「ふぅ……優斗君、拭くのすっごい上手だねぇ……。私、病みつきになっちゃうかも」

「そうか……？　まぁ、ありがとう」

「これからは、お風呂の代わりに優斗君に体を拭いてもらおうかな～。なんてね♪」

　後ろを振り向き、舌を出しながら言うシャム猫。さすがにそれは困るな……色んな意味で。

　でも、たまにはこうしてご奉仕するのも、案外いいものかもしれない。シャム猫の喜ぶ様子で、こっちも嬉しい気持ちになる。彼女が俺のお世話をしたがるのも、そういう心情からなのだろうか。

　そうして話ししながら作業をしていると、すぐに背中を拭き終わった。最後に乾いたタオルで残った水分を拭きとって、俺のご奉仕を完了させる。

「はい、終わったぞ。お疲れ様」

「ありがと～。優斗君のおもてなし、とっても気持ちよかったよぉ。もしかしたら、私以上かも」

「それは褒めすぎだって。シャム猫には全然かなわないから」

「ふふっ。ありがと。それじゃあ、後は自分で前拭くね～」

「あ、うん。分かった」

それを見ているわけにもいかない。俺は部屋から出ようと立ち上がった。

また一時間後くらいに、念のため様子を見にこよう。そう思い、ふすまに手をかける。

「ねぇ、優斗君……今日は本当にありがとう」

その時、シャム猫が口を開いた。

「おかげですごく助かったよ。優斗君がいてくれて、よかった」

「そんな……大げさだよ。俺は心配だから来ただけだし」

「でも私、本当に嬉しかったんだよ？　優斗君が、自分から私のところに来てくれて」

シャム猫の声は、誇張している調子ではなかった。

「だって、ここに来たばっかりの時だと考えられなかったでしょ？　優斗君、私たちのこと避けてたし」

「あ、いや……それは……色々、ごめん」

「ふふっ。謝らなくてもいいよ？　だって、今はもう変わってくれたから……」

本音を言うと、俺は今でも人と深く関わるのは怖い。その理由はうまく思い出せないが、多分迷惑をかけるのが嫌だったからだ。俺のせいで、誰かに不利益を与えたくない。

でもシャム猫は、それでもいいと言ってくれた。ここに来てから色々と迷惑をかけてしまっているのに、俺の存在を受け入れてくれた。だから俺も彼女とは、気兼ねせず一緒にいることができる。

「ねぇ、優斗君。大丈夫だよ。私は、いなくなったりしないから」

「え……？」

シャム猫が、真剣な口調で言う。

「ずっとずっと、優斗君の側(そば)にいる。だから、安心していいの。でもその代わり、優斗君も……ずっと私の近くにいてくれゆ？」

「ああ……！　そんなの当然だ」

珍しく、少し甘える様に言うシャム猫。彼女の問いに、俺は自信をもって答えた。

エピローグ

猫鳴館(ねこめいかん)のとある一室。

館の最奥(さいおう)にある小さな部屋で、二人の猫娘が向かい合っていた。

一人は赤い着物の猫娘——ミケ猫。

そしてもう一人は、白い髪や耳、尻尾をつけた、とても小柄な猫娘。しかし、彼女には不思議な風格があった。

「し、失礼いたします。猫神(ねこがみ)様……」

正座をしたミケ猫が、丁寧に深く頭を下げる。その小柄な猫娘に向かって。

「いらっしゃい、ミケ猫。忙しい中、よくきてくれました」

「いっ、いえ！　猫神様がお呼びなら、いつでも！」

見た目の割に、落ち着いた口調と声色で話す彼女——猫神。

そんな彼女にミケ猫は、緊張しきった様子で話す。

それもそのはず。彼女は猫鳴館を取り仕切る若女将(わかおかみ)——平たく言えば、猫娘たちの上司なのだから。

　固くなったミケ猫に、猫神は微笑(ほほえ)みながら言う。

「そんなに緊張しなくてもいいですよ。どうですか？　お仕事はうまくいっていますか？」

「あっ、はい！　まだまだ未熟者ですが……精一杯努めております」

「それはなによりです。期待していますよ、ミケ猫」

　おっとりした笑顔で言う猫神。

　だが直後。彼女は真剣な目を向ける。

「さて。それでは、本題に入りましょうか」

　猫神がミケ猫を呼んだのは、大切な話があるからだった。

「あのお客様——優斗(ゆうと)様とシャム猫の件ですが……あの二人の様子はどうですか？」

「はい。とても仲良く過ごしております。シャム猫さんも頑張っていますし、優斗さんもおもてなしに満足なさっているご様子です」

　話の内容は、優斗とシャム猫に関するもの。

「あのシャム猫さんが、優斗さんのためにならら倒れるくらいに働いていて、優斗さんはそんなシャム猫さんを、自分から看病しているほどです」

「なるほど。それは大変喜ばしいですね」

ミケ猫の答えに、笑顔になる猫神。

「シャム猫は立派に勤めを果たしているということですね？　マレビトである優斗様を、おもてなしする重要な役目を」

「はい。私も見習いたいほどです」

マレビト――それは選ばれたお客様。猫鳴館で丁重に、おもてなしすべき重要な人。

「それなら、問題はありませんね。あとは我々も、彼に最高のおもてなしをさせていただかなければなりません。大切なお客様である、彼に」

「そうですね。私も、頑張らないと……！」

ミケ猫が口を閉じ、少しだけ俯く。

「おやおや……ミケ猫、緊張しているの？」

猫神が優しく尋ねる。

「そうですね……正直、少しだけ。でも、嬉しい気持ちが大きいです……！　やっと、優斗さんに会えたんですから……！」

「ふふっ……。その気概があれば大丈夫ですよ。ただし、気持ちは引き締めなさい。くれぐれも、優斗様にそそうのないように」

「はい。精一杯、努力いたします」

再び頭を下げるミケ猫。

猫神は、そんな彼女に微笑んだ。

「我々の一流のおもてなし……これからも、たっぷりご堪能していただきましょうね」

※

――あれ？　俺は、何をしていたんだっけ……？

なんだか、体が温かい……。それに、後頭部に何か心地いい感覚が……。

「優斗く～ん……ふふっ。寝顔かわゆい♪」

「はっ……！」

シャム猫の声で意識が覚醒。

目を開けると、笑顔のシャム猫が俺のことを見下ろしていた。

「あ、あれ……？　シャム猫……？」

「あっ、優斗君。起こしちゃったかにゃあ？」

どうやら彼女は、寝ている俺の頭を撫でていたようだ。

いつの間に眠ってしまったんだろう……？　俺は確か、シャム猫の背中を拭いて……一度部屋を出た後に、また看病のために戻ってきたんだ。

でもシャム猫は眠っていたから、その隣で待機して——シャム猫の寝顔を見る内に、俺も眠ってしまったらしい。

「あっ、そうだ！　シャム猫、熱は……!?」

「熱なら、すっかり下がったよ。優斗君が、い〜っぱい甘やかしてくれたおかげでね」

スッキリした顔で言うシャム猫。さっきまでの辛そうな表情は消えていた。

「そうか……！　もう良くなったんだな」

これでやっと一安心だ。熱が長引いて、肺炎になったりしなくてよかった。

「心配かけちゃってごめんねぇ。それと、本当にありがとう。優斗君が看病してくれて、私とってても嬉しかったよ？」

「あれくらい当然だよ。俺だっていつも、シャム猫にお世話してもらってるんだから」

むしろ、あれくらいじゃ日頃の恩は到底返しきれないだろう。

しかしシャム猫は、そうは思っていないようだった。

「ねぇ、優斗君……。もしよかったら看病のお礼、させてくれない？」

「お礼？」

「優斗君が部屋に来てくれた時……私、とっても感動したの。だから、何かお返しがしたくって」

「そんなのいいよ。気にしなくて」

「よくないの～。それに、今も途中で起こしちゃったから、そのお詫びも兼ねてね。というわけで、はい。立って立って～♪」

「わっ！」

シャム猫が腕を摑んで引っ張る。

逆らいきれずに、俺はゆっくり立ち上がった。

「それじゃあ、今から一緒にお散歩しよ？　また色々案内してあげる♪」

「お散歩って……シャム猫、まだ病み上がりだろ？」

「大丈夫～。もういつも通り、元気だもんね～」

部屋を軽く飛び跳ねるシャム猫。そんな彼女は、右手に何か持っていた。

それは、革製の茶色いコインケース。

「それって、この前俺が作った……」

「うん！　これをもって、一緒にお出かけしたいなぁって。……ダメ？」

「うっ……！」

そんな可愛(かわい)いことを言われたら、断れるわけがないじゃないか……。

「分かった……。それじゃあ俺も持ってくるよ。シャム猫からもらったバッグ」

「うんっ。えへへ……こういうの、なんかいいね？」

お互いに贈られた物を持ってお出かけ……。シャム猫が言う通り、カップルみたいでドキドキする。

「でも、今日は少しだけだからな。また熱が出たりしたら困るし……」

「はぁ～い。……だけど具合が悪くなったら、また優斗君が看病してくれるんだよね？それも悪くないかもね～？」

「おいおい……」

積極的に体壊すのは、本気で止(や)めてほしいんですが。

「もっと自分を大事にしてくれ。かなり心配したんだからな？」

「だって～。嬉しかったんだもん。優斗君が、自分から優しくしに来てくれて」

なんだか、デレデレした顔で言うシャム猫。そんなに喜んでくれるなら、看病をした甲斐(かい)はあったけど……。

「でも、体壊さないのが一番だから。本当に、これから気を付けてくれよ？」

「分かってるよ～。冗談だから。優斗君に心配かけたくないしね？」

そう言いながら、嬉しそうに尻尾をパタパタ揺らす彼女。

まぁ、分かってるならいいけども。

「ねぇ、優斗君……。これからも、ずっと私と一緒にいてね？」

「え？」

不意に、彼女が真面目に言う。

「私、これからも優斗君の側で、いっぱいいっぱい、おもてなしするから。だから……いつまでも一緒だよ？」

服の裾を、ギュッとつまんでくるシャム猫。

彼女は少しだけ不安そうにして、甘い声で尋ねてきた。

そんな彼女に俺は答える。

「もちろん。これからも、よろしく頼む」

それを聞いて、満面の笑顔を咲かせるシャム猫。

そして彼女は、頷(うなず)きながら「にゃんっ♪」と返した。

猫鳴館でのおもてなしは、どうやらまだまだ終わりそうにない。

あとがき

『ねこぐらし。』それは、疲れた現代人の心を癒やす、夢のような音声体験……。

というわけで、大人気ASMR『ねこぐらし。』のノベライズを担当させていただきました、作者の浅岡旭です。この度は本作を手に取って頂き、誠にありがとうございます。

この作品は前述のとおり、『ねこぐらし。』という音声作品を原作とする物語で、特に『シャム猫』というキャラクターについて重点を置いたものになります。読者の皆様に、癒やしのエキスパートである彼女のおもてなしを、楽しんでいただければ幸いです。

さて、このノベライズを執筆するにあたり、私自身もリスナーとして原作の『ねこぐらし。』に触れました。せっかくなので作家として卓越した文章力でその感想を語ります。

もう……しゅきぃ。

癒やしのシナリオはもちろんのこと、CVである茅野愛衣さんのお声や演技が素晴らしく、開始早々魅了されました。圧倒的なリラックス効果で、仕事のストレスも飛びます。ほんとに。

まだ聴いてらっしゃらないという方は、是非ＤＬサイトにてお試しください！

それでは、ここからは謝辞に移ります。

まずは担当編集のＫ様。今回のお仕事をご提案いただき、ありがとうございました。担当様のおかげで、無事に初のノベライズを完成させることが出来ました。

原作を制作された『ＣＡＮＤＹ　ＶＯＩＣＥ』の皆様。素敵な作品を生み出していただき、本当にありがとうございます。ノベライズという形でこのコンテンツに関われたことは、これ以上ないほどの誇りです。

イラストレーターのぶーた様。素敵なイラストを描いてくださり、感謝感激でございます。特に表紙絵の素晴らしさには、一シャム猫ファンとして興奮を禁じ得ませんでした。

その他、出版に携わってくださった方々、本当にありがとうございます。皆様のご協力がなければ、作品は完成しませんでした。

最後に、読者の皆様方。改めて本書をお読みくださり、誠にありがとうございます！

原作を聴かれた方もそうでない方も、楽しんでくだされば嬉しいです。

それでは、また続編でお会いできることを祈っております。

二〇二三年二月某日　浅岡旭

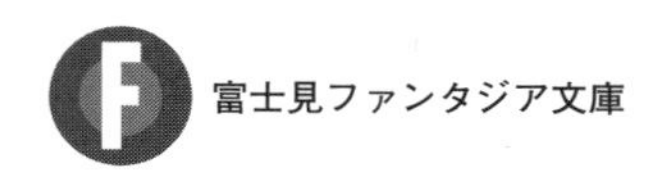

ねこぐらし。

猫耳少女はお世話をしたい

令和５年４月20日　初版発行

著者――浅岡　旭

発行者――山下直久

発　行――株式会社KADOKAWA

〒102-8177
東京都千代田区富士見2-13-3
0570-002-301（ナビダイヤル）

印刷所――株式会社暁印刷

製本所――本間製本株式会社

※定価はカバーに表示してあります。
●お問い合わせ
https://www.kadokawa.co.jp/（「お問い合わせ」へお進みください）
※内容によっては、お答えできない場合があります。
※サポートは日本国内のみとさせていただきます。
※Japanese text only

ISBN978-4-04-074840-5 C0193　◇◇◇

白井ムク

イラスト：千種みのり

親の再婚で、俺の家族になった晶。美少年だけど人見知りな晶のために、いつも一緒に遊んであげたら、めちゃくちゃ懐かれてしまい!?　「兄貴、僕のこと好き？」そして、彼女が『妹』だとわかったとき……「兄妹」から「恋人」を目指す、晶のアプローチが始まる!?

ファンタジア文庫

僕、兄貴のことすっごく好きだよ！
シリーズ
重版続々
大ヒット
発売中!!